科警研のホームズ
毒殺のシンフォニア

喜多喜久

宝島社
文庫

目次

科警研のホームズ　毒殺のシンフォニア

第一話　毒殺のシンフォニア

1

佐伯康隆《さえきやすたか》はグラスのノンアルコールビールを一口飲み、腕時計に目をやった。時刻は午後八時半を迎えようとしている。

グラスをテーブルに置き、周囲を見回す。立食パーティが始まってから二時間半。ホテルの宴会場には、百人ほどの人間が残っていた。誰もが酒をぐいぐいと口に運びつつ、赤ら顔で参加者と言葉を交わしている。声は聞き取れないが、話の内容は間違いなく有機化学に関係することだろう。

佐伯は、学会のあとに行われる懇親会の雰囲気が好きだった。学会は、ある意味では真剣勝負だ。自分の研究内容を発表し、それに対する容赦のない質問や疑問にきっちり答えていかねばならない。それは、サイエンスという武器を使った殴り合いに他ならない。凶器で人を傷つければ犯罪だが、科学という事実に裏付けられた理屈でなら、どんなに強く攻撃しても罪に問われることはない。

だから、攻撃したり防御したりという緊張から解き放たれた懇親会では、科学好きの同志と好きな話題で盛り上がれる。それが醍醐味《だいごみ》だ。

普段なら、佐伯も知り合いの研究者たちと同じ卓を囲み、ああでもないこうでもないと、酒を飲みながら答えの出ない議論を楽しんだだろう。

だが、今夜は別だ。佐伯は一切アルコールを口にしていなかった。不測の事態に確実に対処できるようにするためだ。今日は、一年近い時間をかけて準備をしてきた計画の集大成なのだ。最後の詰めを誤れば、これまでの努力が水の泡になる。とてもリラックスなどできるはずがなかった。

「——お疲れさま」

ふいに、背後から声を掛けられた。振り返るより先に、枝川春香《えだがわはるか》が佐伯の横にやってくる。彼女は、黒のパンツスーツに身を包んでいた。引き締まった黒色が、気の強い印象を与える顔立ちによく似合っている。

「ああ、お疲れ」と応じ、佐伯は彼女の方に顔を寄せた。「……懇親会の間は、なるべく距離を取るって話じゃなかったのか」

「全然言葉を交わさないと、さすがに不自然かなと思って」

枝川はそう言って、新しいグラスにテーブルの上の烏龍茶《うーろんちゃ》を注《つ》いだ。

佐伯はそれを受け取り、向かって右手の、一〇メートルほど離れたテーブルに目を向けた。もう一人の仲間である能代剛史《のしろたけふみ》は、自分の研究室の学生と談笑している。日に焼けた肌と白い歯のコントラストが織りなす快活な笑顔が彼の持ち味だが、今夜はどこかぎこちない。やはり緊張しているようだ。

「能代とも話をしたのか？」

「うん、さっきね。周りに人がいたし、どうでもいい近況しか話してないけど」

今、佐伯のテーブルには他に誰もいない。枝川は佐伯が一人でいるのを見てやってきたのだろう。

「……向こうのテーブルには近づいてないだろうな？」

「もちろん」と枝川は囁《ささや》き声で答え、会場の奥にある席をちらりと見た。

釣られて、佐伯もそちらに顔を向ける。ワインボトルが何本か並んだ丸いテーブルには、五人の男がいた。全員、化学研究の世界では名の知れた教授たちだった。その中心で赤ワインを飲んでいる白髪の男に、嫌でも目が吸い寄せられる。羽鳥広司《はとりこうじ》――佐伯がこの世で最も憎んでいる人間だ。

「顔が怖いよ」

枝川が佐伯の腕にそっと触れた。

「……ああ、悪い」

佐伯は自分のグラスに目を戻し、息をついた。学会が始まるまでは感情をコントロールできると思っていたが、それは過信だった。久しぶりに羽鳥を見掛けた瞬間、燃え上がった憎悪のせいで眩暈《めまい》を起こしそうになったほどだ。

「……ねえ、まだかな」枝川が神妙に呟《つぶや》く。「もうそろそろ三時間になるけど」

「分からない。その数値はあくまで推測だからな」

　計画の成功確度を高めるべく、佐伯たちは動物実験やシミュレーションを重ねてきた。そこで得られた数値が、「およそ三時間」だ。ただ、ものがものだけに、医薬品のように、ヒトを対象にした臨床試験を行うことはできない。人間に試すのはこれが初めてだ。どうしても、ぶっつけ本番にならざるを得ない。

　しかし、重要なのは自分たちが疑われない状況であの男が死に至ることだ。発動のタイミングが遅くなることは構わない。それは言ってみれば些細《ささい》な問題だ。佐伯が懸念しているのは、中途半端な結果に終わることだった。まったくの失敗ならもう一度トライすることができるが、効果が出たのに羽鳥が生き延びてしまうと最悪だ。露見のリスクを考えると、二度と同じトリックを使うことはできないだろう。

「大丈夫？」不安そうに枝川が訊《き》いてくる。「眉間にしわが寄ってる」

「……やめようか、この話は」と佐伯は自分に言い聞かせるように言った。賽《さい》は投げられたのだ。今更あれこれ心配しても仕方ない。

「そうだね。ごめん」

　枝川が小さく頭を下げた時、「うわっ！」という叫び声が聞こえた。羽鳥のテーブルの方からだ。

　反射的に声の方に目を向ける。すでにそこに羽鳥の姿はなく、周囲にいた教授たちは床に目を向けていた。こわばった彼らの表情で、羽鳥の体に異変が起きたことを佐伯は理解した。

隣を見ると、枝川もこちらを見ていた。まだ成功ではない。最後の仕上げをしなければならない。佐伯は何も言わずに、羽鳥のテーブルの方に視線を戻した。

「せ、先生っ！」

近くにいた羽鳥の弟子たちが叫びながらテーブルに駆け寄っていく。すぐに人だかりができる。

混乱の最中であれば、自分たちに注目する人間もいないはずだ。急ぎすぎてもいけないが、ゆっくりしすぎてもいけない。タイミングを見計らい、「行くぞ」と枝川に声を掛けてから佐伯は駆け出した。

2

「……蒸し暑いな」

丸ノ内《まるのうち》線の本郷三丁目《ほんごうさんちょうめ》駅を出ると同時に、北上純也《きたかみじゅんや》は思わず呟いていた。

時刻は午前八時四十五分。空には濁った色合いの雲が広がり、朝の光が地上を照らすのを遮っている。そのせいか、辺りには不快感を伴う生ぬるい空気が立ち込めていた。

北上は北海道の出身で、生まれてから今年の四月までずっと札幌《さっぽろ》で暮らしていた。上京から半年が経過し、季節は秋を迎えた。しかし、北上の知る十月の朝はこんなに暖かくはない。気温というより、湿度がずいぶん違うように感じる。札幌に比べて、東京の空気は明らかに「重い」のだ。夜になると秋めいた風が吹く日もあるが、今朝は梅雨を思わせる憂鬱な不快感が充満していた。

しかし、同じ電車に乗っていた人々は表情を変えることなく歩き出している。東京ではこれが普通なのだ。北上はため息をつき、彼らのあとを追うように足を踏み出した。

目は覚めているが、どうにも体がだるい。ひょっとするとこれは夏バテではないか、と北上は考えていた。八月から九月に掛けては仕事が忙しく、暑さを気にする余裕すらなかった。ところが、抱えていた大きな案件が一段落してから、急に食欲が減退してしまった。夏の間に無理をした影響が出たのかもしれない。

どうにも調子は上がらないが、仕事を休むわけにはいかない。北上は猫背になりかけていた背筋をピンと伸ばし、本郷通りに続く路地を抜けた。

行き交う車を横目に歩道を進んでいくと、ちょうど歩行者用信号が青に変わる。北上は本郷通りに直交する春日通りを横断し、そこで左に折れた。

職場はもう目と鼻の先だ。歩道をまっすぐ進むこと数十秒。北上はカレーショップと牛丼チェーン店に挟まれた、七階建てのビルの前で足を止めた。

正面入口のガラス扉を開けて中に入る。建物の中は薄暗く、ひんやりとしていた。若干かび臭い気がする。換気設備がうまく機能していないようだ。このビルの築年数は知らないが、二十六歳の北上よりは間違いなく年上だろう。

弱い光の蛍光灯が並ぶ通路を進み、定員四名の狭いエレベーターで四階に上がる。五メートルほどの短い廊下の左右に二つずつドアがある。四つある部屋のうち三つは空いている。ここに来てから半年間、ずっとだ。オフィスとしての利便性は高いと思うが、入居どころか、誰かが下見に来ている様子もない。

もしかしたら、過去に何かトラブルがあったのかもしれない。いわゆる訳あり物件というやつだ。だとすればきっと賃料も安いだろう。このオフィスの設立経緯を考えれば、そういう場所が選ばれたことも頷《うなず》ける。

そんなことを考えながら廊下を進み、北上は左奥のドアの前に立った。灰色のドアには、つい先日発注したプラスチックプレートが貼られていた。〈科学警察研究所・本郷分室〉――それが、北上がいま勤務している職場の名前だ。

科学警察研究所は、「科警研」と省略して呼ばれることが多い。警察庁の附属機関で、千葉県の柏《かしわ》市に本部を構えている。そこでは博士号を持つ優秀な科学者たちが勤務しており、科学捜査に関する研究に力を注いでいる。この研究活動が、各都道府県の警察本部に置かれている科学捜査研究所——科捜研との違いだ。科警研で開発された技術を、科捜研の職員が使う。そうして日本の科学捜査は発展してきた。

この分室は、科警研の唯一の支部という立ち位置だ。その一員として、北上は北海道警からここへ派遣されてきた。

ドアの脇のフックに掛けられた札は〈在室〉になっていた。小さく息を吐き、北上はドアを開けた。

「おはようございます」

挨拶をすると、机に向かっていた男性と女性がそれぞれ「おはよう」「おはようございます」と返してきた。

左奥の席に座っている男性が伊達洋平《だてようへい》だ。身長は一八〇センチ近くあり、すらっとした体つきをしている。ブランド物の細身のスーツを華麗に着こなしており、髪型や眉も常にきっちり整えられている。外見にこだわりを持っている彼は、埼玉県警の科捜研からの出向だ。

その隣の、ブラウンのショートボブの女性は、安岡愛美《やすおかあいみ》という。くっきりした二重の目の持ち主で、北上の知り合いの中では最も目力が強い。正面から見つめられるとたじろいでしまうほどだ。彼女は兵庫県警から研修に来ている。

伊達は北上の二歳上、愛美は同い年で、三人とも同じ研修生という立場だ。北上の専門分野は化学で、愛美は分子生物学、伊達はコンピューターを用いた解析を専門としている。北上たちの他に、正規の研究員や研修生はいない。室長一名＋研修生三名。それがこの本郷分室の在籍者のすべてだ。いくら分室とはいえ、百人を超える研究員が勤務している科警研の本部と比べると、明らかに見劣りする陣容だ。

おまけに、分室には分析機器や実験器具は一切ない。ここはただの事務室であり、実験や分析作業をする場合は、ここから徒歩五分ほどのところにある、東啓《とうけい》大学の理学部の設備を使うことになっている。

どう考えても不自然で、不便な環境だ。そうなっている理由は、分室の特異な設立経緯にある。実はこの分室は、ある一人の人物のために突貫で作られた組織なのだ。不備が多いのはそのせいだ。

北上は荷物を置き、その人物の席に目を向けた。電話機とメモ用紙だけが置かれた席は空っぽだ。いつも通りの光景と言っていいだろう。分室のリーダーである室長は、めったにこの事務室には足を運ばない。

主のいない席をぼんやりと見ていると、「なんか元気がないね」と愛美が話し掛けてきた。「風邪でも引いた？」

「ああ、いや、たぶん夏バテだと思う」

「待って待って。いくら温暖化が進んでるからって、十月を夏に入れるのは無理があるでしょ」

「安岡。突っ込むポイントがずれてるぞ」と伊達が椅子を回してこちらを向く。「体調を自己分析した結果、『まるで夏バテのようだ』って判断したってことだろ。今が何月かは関係ない」

「まあ、表現はともかく、食欲不振とダルさがあるのは確かです」と北上は言った。

「そっか。こっちの夏を経験するのは今年が初めてだったんだよね」と愛美が頷く。

「やっぱり札幌に比べると暑い？」

「そうだね。札幌は、日中の最高気温が三五℃を超えることはほとんどないから……。それが当たり前になっている環境は初めてだったし、じわじわと蓄積していた疲れが今になって出たのかもしれない」

「精神的な影響もあるんじゃないか。分室の存続が決まったことで、張り詰めていたものが緩んだんだ」

「それはありますね」

北上は伊達の意見に同意した。北上たちの研修期間は、当初は四月からの半年間に設定されていた。それだけでは物足りない、ここでもっと研鑽《けんさん》を積みたいと感じていたところで、幸いにも研修期間が半年間延長されることになった。がくっと調子が落ちたのはそれが決まってからだ。

「心構えの問題なら、バシッと気合を入れてもらわないと。次に取り組む事件を早く決めなきゃいけないんだから」

愛美がそう言って、机の上に積まれたバインダーの表紙を軽く叩《たた》いた。過去に都内で起きた事件の資料をまとめたものだ。

この分室で取り扱う事件は、過去、あるいは現在進行形で捜査が進んでいるものの中から、北上たち研修生が選ぶ仕組みになっている。取り扱う事件に制限はない。「解決が困難な、不可解で難解な案件」というのが唯一にして最重要な選別ポイントだ。不謹慎を承知で言うなら、「面白そうな事件」を選ぶことが求められている。

「それなら、ちょうど気になってる案件がある」

「あ、伊達さんもですか。実は僕もなんです。まだ概要しかチェックできていないんですが」と北上は言った。

「ひょっとしてアレですか？　懇親会で教授が殺されたやつ」

愛美の問い掛けに、伊達が「ビンゴ」と指を鳴らす。「ああ、僕もそれ」と北上も頷いた。

と、その時、ドアがノックされる音が響いた。

すかさず伊達が立ち上がり、ドアを開ける。

ゆっくりと部屋に入ってきたのは、やや白髪の混じった髪を完璧な八：二に整えた壮年の男性だった。

彼は幼稚園の園長を思わせる優しい視線を窓際の空席に向け、小さく嘆息した。

「……今日もあの男は不在か」

「はい」と伊達が神妙に答える。その表情は硬く、背筋はぴんと伸びている。

伊達が緊張するのも当然だろう。目の前にいるのは科警研の所長なのだ。彼の名前は出雲《いずも》俊明《としあき》。年齢は五十一歳だ。顔立ちは穏和だが、彼の佇《たたず》まいには独特の威容がある。百人以上の研究員を束ねているというプライド、自信が仕草や口調から感じられる。

「電話で連絡してみましょうか」と愛美が提案する。

「いや、構わない。あとで大学の方に寄るつもりだ」

眉頭に小さなしわを作りながら、出雲が低い声で言う。

「そうですか。今日はどういったご用件でこちらへ？」

愛美が臆した様子もなく尋ねる。出雲は北上たちの方に体を向け、「君たちに協力を依頼したい案件があってね」と言った。「先月の半ばに発生した事件なんだが」

時期を聞き、ピンと来た。

「品川《しながわ》のホテルで起きた一件でしょうか」

北上がそう尋ねると、出雲は「君たちも着目していたか」と口の端《は》を持ち上げた。

「ええ。詳細な資料を取り寄せようかと検討していたところです」と、すかさず伊達が言葉を挟む。

「それなら説明は不要だな。すぐに手配しよう。君たちがスムーズに捜査に加われるように、各所に連絡しておく」

「承知しました。よろしくお願いいたします」と伊達が頷いた。

また、捜査が始まる――。

そう思った途端、朝から感じていただるさが消え、体に力が充満していくのを北上は感じた。

科学という武器を駆使して難問と向き合う。やはり、それが今の自分にとっての生きがいなのだろう。北上は改めてそのことを実感した。

「ここ最近起きた事件の中では、かなり不可解な部類に含まれるだろう」そう言って、出雲は再び無人の席に目を向けた。「これならあの男も興味を示すかもしれない」

「……そうですね」

控えめに同意して、北上も室長席を見た。この分室は、犯罪捜査を通じて彼の興味を引き出すために作られた。彼の好奇心を掻《か》き立てるために、北上たちは自分たちの扱う案件を精査している。

絵画にまつわる殺人。未知のドラッグが絡んだ不審死。双子による殺人。連続通り魔殺人事件……この分室で扱った主な事件たちだ。一つとして簡単に解決できるものはなかったが、どの事件も残念ながら彼の熱意を取り戻すことはできなかった。

今度こそは、きっと……。

北上は淡い期待と共に、しばらく室長席を見つめ続けた。

3

午前九時五十分。伊達や愛美と共に、北上は東啓大学へと向かっていた。

東啓大は国立大学の中でも規模が大きく、学生と職員を合わせると二万人近い人間が在籍している。そのため、特に朝は大学へと続く歩道が混雑するのだが、このくらいの時間になると歩きにくさは感じなくなる。

やや上り坂になった本郷通り沿いの歩道を進んでいくと、やがて正門が見えてきた。花崗岩《かこうがん》で作られた門は、高さが五メートル近くある。堂々と屹立《きつりつ》する様子は、さながら知の番人といった迫力がある。

その門を抜けると、大時計がシンボルの、赤レンガの大講堂が目に飛び込んでくる。門から大講堂まで続くまっすぐな通りの左右には、軽く一〇メートルを超える高さのイチョウがずらりと並んでいた。今はまだ葉は緑色だが、季節が進めば鮮やかな黄色に彩られた景色が広がるはずだ。

その通りを進み、大講堂を反時計回りに迂回《うかい》すると、十二階建てのビルに到着する。自然光を取り込めるように前面にガラス窓が並んでおり、建物の一階部分は列柱回廊に囲まれている。数年前に建て替えられたこの建物が、理学部一号館だ。

貸与されている入館カードを自動ドア脇の読み取り機にかざし、ロックを解除して中に入る。開放感のある吹き抜けのロビーを進み、奥まったところにあるエレベーターに乗り込んだ。

六階でエレベーターを降り、ひと気のない静かな廊下を進んでいく。しばらく行くと、〈環境分析科学研究室・教員室〉と書かれたドアが見えてきた。

「いつも通りに俺が話をするよ」と伊達が一歩前に出た。

「よろしくです」と愛美が頷く。北上も異論はなかったので黙っていた。三人で揃《そろ》って人と会う時は、年長者で喋《しゃべ》りが上手い伊達に任せることになっている。

軽く咳払《せきばら》いをしてから、伊達がドアをノックする。

教員室は十帖ほどの広さがあり、手前に来客用のソファーが二台、奥に事務机が設置されている。他にはファイルを収めたキャビネットや大型プリンターがあるだけの、シンプルな事務室だ。

室内を見回すが、部屋の主の姿は見当たらない。

「あれ、おらんやん」と愛美が関西弁で呟く。

「……変だな、さっき電話した時はここで待ってるって言ってたのに」

北上は首を傾《かし》げた。

「午前十時ジャスト。時間通りなんだけどな」と、伊達が腕時計を指差しながら言う。

「トイレにでも行ってるのかもしれないな。少し待とう」

ソファーに座るわけにもいかず、北上たちは立ったまま室内で待機することにした。

しかし、五分以上経過しても誰も入ってくる様子がない。

と、そこで北上は違和感を覚えた。部屋の主が使っている椅子の背に目を向ける。

普段はそこに無造作に引っ掛けてあるはずの白衣が消えている。

「ひょっとしたら、実験室かもしれないです。行ってみましょう」

北上は二人と一緒に教員室を出た。このフロアには実験室がいくつかあるが、使用頻度が高いのは第一実験室だ。

小走りにそちらに向かい、出入口の引き戸を開ける。

出入口から室内を見回す。一〇メートル四方の第一実験室には、サンプルを保管する冷蔵庫や冷凍庫の他に、高速液体クロマトグラフやガスクロマトグラフなどの分析装置が設置されている。黒い天板の実験台では、学生たちが黙々と作業をしていた。

「北上くん、当たりだよ」

　愛美がそう言って、部屋の隅を指差した。こちらに背を向け、一人の男性が顕微鏡を覗《のぞ》き込んでいる。白衣の上からでも分かる痩せた体と、無数の寝癖でぼさぼさになった髪。その独特な後ろ姿を見間違えることはない。

　伊達は通路を進み、「すみません、よろしいでしょうか」と男性に声を掛けた。

　接眼レンズから顔を上げ、男性がゆっくりと振り返る。

　薄くて頼りなげな眉と、眠たそうに見える一重まぶたの目。相変わらず顎《あご》には無精ひげが生えている。土屋《つちや》は今日も、ついさっき目を覚ましたばかりのような出で立ちをしていた。

　彼は口を半開きにしながら北上たちを見回し、「ずいぶん早いな」と訝《いぶか》しげに言った。

「十時に来るんじゃなかったのか？」

「もうその時間は過ぎています」と愛美が冷たく指摘する。

「ああ、そうなのか。すまないな。君らが来るまでにちょっとだけと思ったんだが、うっかりしていたよ」

「何を見ていたんですか？」

　科学者としての興味から、北上はそう尋ねた。

「市販のレトルト食品の抽出液だ。マイクロプラスチックが含まれていないか見ていたんだが、やはり、それなりの量は入ってるみたいだな。調理工程や、包装材から剝《は》がれ落ちたものが混入したんだろう。まだ学会発表前だが、人の排泄物《はいせつぶつ》にマイクロプラスチックが含まれていることが分かってきている。それが健康にどういう影響を及ぼすかはともかく、ひとまず摂取経路を調べようと思ってね」

土屋は顕微鏡を見ながらそう説明した。

彼は科警研本郷分室の室長であると同時に、東啓大の理学部の准教授でもあり、環境分析科学研究室のリーダーとして研究活動を行っている。研究テーマは、「社会を取り巻くあらゆるものについての分析手法の開発」だ。マイクロプラスチックと呼ばれる微小なプラスチック片もまた、土屋の重要な研究課題である。

「研究が大事なのは分かりますが、室長としての職務も忘れないでください」

愛美が、座ったままの土屋を見下ろしながら言う。口調に棘《とげ》があるのは、土屋のルーズさに苛立《いらだ》っているせいだろう。

愛美の態度に伊達は顔をしかめていたが、当の土屋は平然としている。「そうか、じゃあここで話を聞くよ」と近くにあった椅子を北上たちに勧めてきた。

「え、しかし、学生さんたちがいますが」

伊達は背後を気にしていたが、「離れてるから聞こえないだろう。分析装置の作動音は結構うるさいしな」と土屋は取り合おうとしない。

数秒逡巡《しゅんじゅん》し、伊達はため息をついて実験用の丸い椅子に腰を下ろした。無駄な時間を使いたくないと判断したのだろう。彼に続いて、北上も椅子に座る。愛美は不満気な様子を露《あら》わにしていたが、渋々といった様子で最後に着席した。

「出雲所長が先ほど分室の方に来られました。ある事件の捜査に協力してほしいとのことでした。所長はこちらには？」

「来たよ。事件の話はしてなかったが」と土屋が肩を揉みながら答える。

科警研の分室を作ったのは出雲だ。その目的は、土屋を犯罪捜査に関わらせ、そのやる気を取り戻させることにある。

土屋は二年前までは科警研の本部に勤める研究員だった。かつては犯罪捜査に積極的に取り組み、犯人逮捕に大きな貢献をしていたという。その活躍ぶりから、警察関係者からは『科警研のホームズ』と呼ばれていたそうだ。きっと、名探偵の代名詞でもあるシャーロック・ホームズを連想させるほどの推理力を発揮していたのだろう。

だが、彼はある事件でＤＮＡ鑑定に失敗し、誤認逮捕を引き起こしてしまった。その責任を取って科警研を退所し、恩師のあとを継ぐ形で東啓大の准教授に就任した。

土屋は今の境遇を受け入れ、楽しみながら研究を行っている。犯罪捜査への熱意は薄らぎ、環境科学の課題解決に没頭している。おそらく、熱中できるものが一つあればそれで充分なのだろう。興味の対象が犯罪から環境問題に移ったのだ。

しかし、出雲は彼が科警研から離れることに納得しておらず、大学の研究から再び犯罪捜査に目を向けさせようとしている。その手段が本郷分室だった。一筋縄ではいかないような難事件を解決するうちに、科警研に復帰したくなるはずだ――それが出雲の目論見《もくろみ》だ。

ただ、今のところは出雲の狙い通りには進んでいない。土屋の意識は常に大学の研究に向いている。北上たちの選んだ事件に積極的に関わることはなく、思い出したようにアドバイスをするだけだ。

ただし、その一言は事件の真相に鋭く切り込んでいることが多く、分室で引き受けた事件のいずれもが土屋の閃《ひらめ》きによって解決へと導かれてきた。やはり彼は科学捜査の分野でこそ輝くのだ――出雲同様、北上たちもそう感じている。研修期間中になんとか土屋のやる気を取り戻させたい。それが北上たち研修生の総意だった。

「所長からは何もお聞きになっていないんですね。僕たちは少し前から、その事件に注目していました。ですから、渡りに船といった感じだったんです」と北上は言った。

「学会の懇親会で起きた事件です。室長もご存じかもしれません」

愛美が水を向けると、「いや、聞いたことないな」と土屋は首をひねった。「最近は学会もご無沙汰だからなぁ」

「そうですか。では、私の方から説明します」

伊達はスーツのポケットからメモ帳を取り出し、それを見ながら説明を始めた。

事件が起きたのは、今からおよそひと月前、九月十四日のことだ。現場となったのは、JR品川駅から徒歩五分ほどのところにある、〈グランドホテル新品川《しんしながわ》〉の宴会場だった。ホテルでは前日から〈合成化学の百年後を考える〉というシンポジウムが開かれており、二日目のこの日、午後六時から宴会場で参加者による懇親会が行われていた。開始時点の参加者は百五十人ほどだったようだ。

立食形式の懇親会は和やかな雰囲気で進んでいたが、午後八時半過ぎに異常が起きた。参加者の一人が突然意識を失って倒れたのだ。彼はすぐさま病院に運ばれたが、二度と息を吹き返すことはなく、そのまま帰らぬ人となった。

亡くなったのは、羽鳥広司、五十七歳。都内の私立大学に籍を置く有機化学の研究者だった。

羽鳥には特に持病はなく、これまで発作なども起こしたことはなかったという。そこで詳しく死因を調べたところ、彼の血中からテトロドトキシンが検出された。日本では青酸カリやトリカブトに並ぶ知名度を誇る毒物であり、一般にはフグ毒として知られている。

その日の懇親会では、フグを使ったメニューは一つもなかった。毒物の摂取経路を調べた結果、羽鳥が直前まで飲んでいたグラスに入っていたワインから、高純度のテトロドトキシンが検出された。もちろん、この毒物はうっかり飲み物に混入するようなものではない。誰かが羽鳥を殺すために毒を盛ったに違いなかった。

殺害の方法はすでに明確になっている。問題は、誰が、いつ毒を盛ったのか、ということだった。

テトロドトキシンの中毒症状が現れるまでの時間は、一般には摂取後二十分から三時間程度と言われている。ただ、それはフグを食べて毒にあたった場合の数値だ。今回のように直接テトロドトキシンを服用すると、五分から十五分程度で消化管から吸収され、二十分以内に中毒症状が現れる。致死量はわずか二ミリグラム程度とされているが、羽鳥は少なくともその十倍の量を摂取している。死に至るまでの時間は限りなく短かったと考えていいはずだ。

参加者たちへの聞き込みからは、会場で不審者を見掛けたという証言は出ていない。つまり、犯人はパーティーの参加者の中にいると考えられる。

羽鳥が倒れる三十分前までに会場から去った人間を除いたとしても、容疑者の数は軽く百人を超える。羽鳥のテーブルに近づき、彼のグラスにテトロドトキシンを溶かした液体を加える――犯行自体は、ものの数秒で完結する。可能性だけを言えば、会場にいた全員に犯行の機会があったことになる。

今回の事件の課題は、容疑者の絞り込みだ。尋常ではない人数から、どうやって犯人を特定するか。その方法を考えなければならない。

人間関係や金銭トラブルなどの動機は担当の刑事が調べている。分室に求められているのは、科学的な裏付けのある手法の提案だ。

「――以上が事件の概要です。詳細な資料は追って届くそうです」そう言って、伊達は説明を締めくくった。「いかがでしょうか」

「と言われてもなあ」土屋が無精ひげをいじる。「君らも出雲さんも、この事件に取り組むべきだと判断したんだろ？」

「ええ、断る理由はないですから」愛美が土屋をまっすぐに見つめながら答える。「室長はどう思われますか」

「君らが決めたんなら、やりたいようにやればいい。これまでもそうしてきただろ？　研修期間が延長されたからって、やり方を変える必要はない」

「私たちがお願いしたことをお忘れになったんですか」と、愛美が前のめりになりながら言う。「もっと主体的に捜査に関わってくださいとお伝えしたはずですが」

「……そうだったかな」

「そうですよ。ねえ、伊達さん」

話を振られ、「いや、うーん」と伊達が口ごもる。

「しらばっくれないでくださいよ。私、ちゃんと覚えてますからね。伊達さんだって、ぜひ室長の指導を仰ぎたいって言ってたじゃないですか。そうだよね、北上くん」

今度はこちらに御鉢《おはち》が回ってきた。北上はちらりと伊達を見てから、「確かに、そのようなことを言っていたように思います」と正直に答えた。

「そもそも、室長自身がおっしゃっていたんです。『室長の仕事を本格化させることを考えている』と。だから、ぜひお願いしますと私たちも応じたんですよ」

「そうだったか……。君らが言うんなら、きっとそうなんだろうな」と呟き、土屋は腕を組んだ。「本当にすまない。その時のことをまるで覚えていないんだ」

「はぁ!?」と愛美が眉間にしわを寄せる。「あれからまだひと月も経《た》ってませんけど」

「思い出そうとしてるんだが、どうにも記憶が曖昧でなあ」

土屋は困り顔で話している。冗談でもごまかしでもなく、本気でその時のやり取りを忘れているのだろう。一番興味のある分野以外の情報は、彼の脳にはほとんどインプットされないらしい。

「そうですか。それならそれで構いません。今、この瞬間の室長の気持ちをお話しいただけますか。録音しておきますので」

そう言って愛美はスマートフォンを取り出した。「おいおい」と伊達がたしなめるが、愛美はすでに録音を始めている。その顔つきは真剣そのものだ。

「……そうだな。室長としての俺の役割は、君らのレベルアップだと思う。その目的のためには、自主性が重要になるんじゃないか。まずは、三人で捜査に協力してみてくれ。それで解決できなければ、俺も手を貸そう」

「それはさすがにむせ……」

愛美の言葉を遮り、「自分はそれで構いません」と伊達が大きな声で言う。たぶん愛美は「無責任じゃないですか」と言おうとしていたのだろう。

伊達は北上の方に顔を向け、「北上は？」と訊いてきた。

「そうですね……」

北上は自分の膝に目を落とした。

土屋は『科警研のホームズ』というニックネームにふさわしい人物だ。半年間の研修を通じて、北上はそのことを充分すぎるほどに理解した。彼はその高い知性と、並外れた発想力を使って、事件の真相をあっという間に「解析」してしまう。ある種の天才と呼んでもいい。

そんな土屋にやる気を取り戻させることは、北上たちの目的ではある。しかし、今は研修生という立場だ。土屋が言ったように、自身が科学捜査官として成長することも大切だ。そのためには、土屋の提案したやり方が適切なのではないかと思う。

ただ、ダラダラと続けることは望ましくない。期限を設けてやるべきだ。事件の証拠品と向き合い、分析によって新たな情報を引き出すことは楽しい作業だ。やればやった成果が出るという喜びもある。北上は元々、「ひたすら作業に没頭できれば他のことはどうでもいい」というスタンスだった。だが、それは成長に繋《つな》がらない、ただの自己満足だ。それが、これまでの研修で得た大事な教訓だった。

「室長のやり方で捜査を進めたいと思います。ただし、期限を設定させてもらえませんか。決められた時間の中で結果を出すのがプロだと思いますので」

「なるほど。いいだろう。では、とりあえず十日間、君らだけでやってみてくれ。そのあとで報告を聞かせてもらう」

土屋はそう言うと、椅子を回して再び顕微鏡を覗き始めた。もう、これで話は終わったということらしい。

とりあえず、方針は決まった。あとはこの限られた期間の中で最善の成果を出すように努力するだけだ。

「行きましょうか」

北上は愛美と伊達を促し、実験室をあとにした。

4

翌日、午後二時。北上が本郷分室で教授毒殺事件の資料を読んでいると、外に出ていた愛美と伊達が揃って戻ってきた。

「あれ、二人で行動してたんですか？」と北上は尋ねた。捜査の方針を決めるため、昨日から個別に事件の下調べを行ってきた。伊達と愛美は「調べ物がある」と言って、朝から分室には姿を見せていなかった。

「いや、たまたまだよ」と愛美が自分の椅子に腰を下ろす。「帰りが同じ電車だっただけ。完全に別行動」

「今は多様な視点から方針を議論するのが重要だからな。頼まれたって一緒には動かねえよ。じゃ、さっそく会議といくか」

伊達がそう言って椅子を部屋の中央に引っ張ってくる。

同じように椅子を動かし終えた愛美が、「話し合いの前に確認ですけど」と伊達の方に体を向ける。「伊達さんはやっぱり科警研の本部に行きたいんですよね？」

「ああ、その目標は変わっていない」と伊達が頷く。

北上と愛美は研修の目的を「自己の成長」に設定している。しかし、伊達はそうではない。科警研の研究員になるという目標のため、成果を挙げようと努力を続けてきた。有能さをアピールすれば本部への出向辞令が出るのでは、と期待しているようだ。それゆえ、これまでの事件において、伊達は「誰が事件解決に最も貢献したのか」という点にこだわっていた。

北上は伊達のその野望を知った時、「なんて積極的なんだ」と驚いた。「出世は人生の醍醐味だ」と言って憚《はばか》らない、そんな人間に出会ったのはそれが初めてだった。伊達は手柄を挙げることに執着しており、それを隠そうともしない。その上で、フェアに北上たちと勝負しようとしている。そのオープンな態度は、少なくとも北上にとっては好ましいものだった。

こうして分室での研修が延長されたあとも、伊達の考えは変わっていないようだ。北上は二人のところに椅子を持って行き、「じゃあ、僕たちでそれを後押ししますよ」と言って座った。

「そうだね。私たちは別に科警研で働きたいわけじゃないし」と愛美も同調する。

すると、伊達はゆっくりと首を振った。

「その申し出はありがたいが、辞退する」

「え？　どうしてですか？　目標は変わってないんですよね」

「俺は向こうから出向を望まれるような存在になりたいんだ。その実力もないのに、下駄を履かせてもらってレベルの高いところに入ったって仕方ない」

「でも、厳しい環境に身を置くことで、より大きな成長を狙うという手もありますよ」と愛美が言う。

「それはハイリスクなやり方だな。自分ならやれると勘違いしてメジャーリーグに挑戦し、無残な結果に終わる野球選手もいる」

「それを笑う権利は誰にもないと思いますよ」

北上がそう言うと、「笑われるのは構わない。自分を嫌いになりたくないんだ」と伊達は神妙に呟いた。

「土屋さんを見ていて、俺は自分の力不足を痛感した。あのレベルに達してから科警研に行く……とまでは言わないが、まだまだ経験値が足りない。だから、出向云々《うんぬん》は忘れて、自分なりに全力で捜査に挑んでいくつもりだ」

「なるほど。要するに、私たちと同じスタンスってことですね」と愛美が微笑《ほほえ》む。「今の話を聞いて、ようやく伊達さんと仲間になれた気がしますよ」

「遅いな、おい」と苦笑し、伊達は北上の方に顔を向けた。「ってことだ。北上も異論はないよな？」

「ええ。他人がとやかく言うことでもないと思いますから」

「よし。じゃ、事件の話に入ろう。捜査はどこから始めるべきだと思う？」

「物証から攻めるべきだと思います」と北上は言った。テトロドトキシンは、簡単に手に入るようなものではない。その入手経路をたどることで犯人に行き着くのではないか、というのが北上の考えだった。

「それは捜査の王道だと思う。でも、もう捜査本部でやってるでしょ？」

愛美の指摘は正しい。テトロドトキシンは研究用の試薬として販売されている。それを取り扱っているメーカーに問い合わせて購入者を特定し、事件への関与を調べる作業が捜査本部で進んでいる。

「懇親会の参加者は全員が大学・企業の研究者です。今のところ、その中にテトロドトキシンを購入した実績を持っている人間はいません。まだ捜査中ですからはっきりと断定はできませんが、犯人は市販品を購入しなかったんじゃないかと思うんです。少なくとも、僕が殺人にテトロドトキシンを使うなら、買ったりはしません」

「まあ、それは俺もそうだな」と伊達。「わざわざ毒を使って人を殺すんなら、絶対に足の付かないルートでそれを調達する」

「北上くん、言ってることが矛盾してない？」と愛美が首を傾げる。「たどれないようなルートでテトロドトキシンを手に入れたんなら、そっち方向から攻めても犯人は分からないんじゃない？」

「いや、そうでもないよ。市販品を使っていないという前提に基づいて、科学的に調べられないかと思ったんだ。これは直感だけど、犯人は毒を自分で作ったんじゃないかな。釣ったフグから精製したか、あるいは化学的に合成したかだね」

「もしそうだとしたら、追跡可能なの？」

「被害者が飲まされたテトロドトキシンに含まれる、微量の不純物がヒントになると思う。例えば合成に使われた試薬のメーカーが分かったら、そこから容疑者を絞り込めるはず」

「もし、自分でフグから精製してたら？」と愛美が即座に質問をぶつけてくる。

「その場合は、最後に親水性カラムクロマトグラフィーを使ったはずだから、精製工程の再現実験をすれば、使った装置や器具のメーカーが突き止められるかも」

北上がそう主張すると、伊達はため息をついた。

「……かなりしんどいな」

「私もそう思います」と愛美も同調する。「北上くんの提案した進め方は、効率が悪すぎる。最終手段ならともかく、最初に選ぶ方法としては適当じゃないよ」

「まあ、確かに」と北上は指摘を素直に認めた。元々、自分の案をゴリ押しするつもりはなかった。とにかく意見を出し、議論を通じてベストな方法を模索できればそれでいい。たとえ否定されても、自分の意見が二人の中にない発想であれば、何らかの刺激にはなるはず。発表する価値はある。

「安岡はどうなんだ？　案はあるのか」

伊達が意見を求めると、「うーん」と愛美は渋い顔をした。

「自分の専門を活かせないかって考えてたんですけど、なかなかいいのが出なくって。唯一思いついたのが、指紋の検証なんですけど」

「指紋？　毒の入っていたグラスには、被害者の指紋しかついてなかったはずだぞ」

「あ、そっちじゃなくて、被害者がいたテーブルの指紋です。実は午前中に知り合いの研究者と会ってきたんです。その人は指紋の主成分である脂質を研究してるんですけど、脂質の酸化度合いから、付着後の経過時間を算出できないかなって思って。前に北上くんが言ってたでしょ」

「ああ、うん」

指紋の構成成分である脂質やタンパク質は空気中にさらされることで酸化し、化学構造が変化していく。その変化を数値化し、指紋が付着した時期を推定する技術が開発中である――以前に関わった事件で、その方法を二人に話したことがある。

「もしそれが可能なら、問題のテーブルに触れた順番を特定できるな」

「そうです。そのデータから容疑者を限定できないかなと」

「なるほど。それで、その分析はできるのか？」

伊達の問い掛けに、「残念ながら」と愛美は首を振った。「理論はある程度固まりつつあるものの、やっぱり精度が足りないみたいです。一日前と一週間前とひと月前は区別できても、時間単位、分単位での解析は不可能とのことでした」

「そうか。これから科警研で開発すべき技術ってことだな」

「そういうことです。なので、私の方法は使えません」愛美はさばさばした口調で言い、伊達の方に手のひらを向けた。「じゃ、伊達さんの素晴らしい妙案を伺いましょう」

「なんでいちいち煽《あお》るんだ」

「表情や仕草を見てれば分かります」と愛美が伊達を見つめる。「さっきからどこかそわそわしてるし、私や北上くんのアイディアを聞いても余裕な感じだし。心の中で『これは俺の勝ちだな』って思ってたんじゃないですか」

「勝ち負けはともかく、発想の基本は二人と同じだ。容疑者の絞り込みに、自分の得意分野を使えないかと考えた。つまり、コンピューターを使うやり方だな」と伊達は切り出した。「懇親会の参加者は、およそ百五十人。この中に犯人がいるのは間違いないが、全員が等しく容疑者というわけじゃない。被害者の近くにいる時間が長ければ犯行のチャンスは増えるし、一度も接近していなければグラスに毒を入れるのは無理だ」

「まあ、当たり前の話ですよね」と愛美。

「そう。当然の前提だ。だが、実行可能性を正しく見積もるのはそんなに簡単じゃない。捜査本部では参加者の話を聞いて容疑者を絞り込もうとしているが、証言の整合性を確認するのはあくまで捜査員だ。主観が入ったり、人によって判断が割れることもある。何より非効率すぎる。だから、それをコンピューターにやらせたらどうか、ってのが俺の案だ」

「つまり、ジグソーパズルを人力じゃなく、機械に解かせるってことですか」

北上の喩《たと》えに、「まさにそんな感じだな」と伊達が強く頷いた。

「具体的にはどうするんですか」

「懇親会の参加者から話を聞く。この時大事なのは、自分の周りに誰がいたかをなるべく細かく確認することだ。で、その証言を突き合わせて、懇親会が始まってから事件が起きるまでの人の動きをコンピューター上で再現するんだ。そうすればきっと見えてくるものがあるはずだ」

「……待ってください。それって、百何十人から情報を集めるってことですよね？」

愛美が恐る恐る訊く。「そこは地道にやるしかない」と伊達は頷いた。

「ただ、なるべく効率化はする。まず参加者からアンケートを取るんだ。どの時間帯にどのテーブルに自分がいたか。周りに誰がいたか。それを質問形式で尋ねていけばいい。これなら、いちいち直接会って回る必要はないだろ。で、全員分を集めて作ったテキストデータをコンピューターに読み込ませ、相互になるべく矛盾が少なくなるように人を配置していくんだ。これならそれほど手間じゃないし、俺たちだけでやれる。もちろん、捜査本部の許可は必要だけどな」

「ああ、よかった。ちゃんと考えてくれてたんですね」と愛美が大きく息をつく。

「『三人で頑張って全員から話を聞くぞーっ！』とか言い出したらどうしようかと心配してました」

「言うかよ、そんなこと」と伊達が愛美の肩を小突く。

どうやら、方向性はこれで決まりのようだ。緩みかけた雰囲気を引き締めるために咳払いを挟み、「僕たちは何をすればいいんでしょうか」と北上は尋ねた。

「地味な作業があるにはあるんだ」と伊達が足を組む。「アンケートへの協力を拒絶したり、適当な回答をする参加者が出ると思う。完璧なデータは無理でも、なるべく精度は高めたい。だから、非協力的な人間を説得する仕事が必要になる」

「じゃ、私と北上くんでやりますよ。その作業を進めつつ、他の方法がないか考えてみます。伊達さんの作業が終わったあと、さらに容疑者を減らしていかなきゃいけないですからね」

「そっか。そうしてもらえると助かる。北上はどうだ？」

「僕も異論なしです。自分なりのやり方を模索するっていうところも含めて、です」と北上は答えた。伊達の案はスマートで、試すだけの価値があると直感できるものだった。ただ、それに甘えて思考を放棄していては成長はありえない。

大学を卒業して北海道警の科捜研で働き始めてからずっと、北上は自分を磨くことへのモチベーションを持てずにいた。何も考えず、ただひたすら与えられたサンプルと向き合い、分析作業に没頭できればいいと本気で思っていた。

しかし、四月に分室に配属され、伊達や愛美、土屋と触れ合う中で、北上は自分を見つめ直す機会を得た。もっと視野の広い、洞察力に優れた科学捜査員になりたい——初めてそんな風に感じるようになった。

自分を変えていくことは心地のいいものだ。その気づきを得られたことで、視野が一気に広がったような感覚があった。延長された残りの研修期間で、さらに何かを掴《つか》みたい。自分が知らなかった感覚を味わいたい。それが北上の思いだった。

そのためには、とにかく目の前の事件に全力を尽くすのだ。北上は改めてそう肝に銘じ、伊達のアイディアを実行に移す段取りの相談を始めた。

5

十月十五日、月曜日。午後二時過ぎ。北上は愛美と共に、武蔵野《むさしの》市にある新亜《しんあ》大学へとやってきた。

新亜大学は設立からまだ十年足らずの私立大学で、キャンパスは住宅街の中にある。絶好の運動日和の秋空の下、壁の汚れや窓のくすみのない建物たちが、どこか誇らしげに陽の光を受けて輝いている。

正面出入口には、東啓大のような大仰な門はなく、簡単な車止めがあるだけだ。そこから中に入り、歩道を二人で進んでいく。講義が行われている時間のためか、キャンパスを歩いている学生はまばらだ。

「北上くんって、化学系の学会に結構参加する方？」

眩《まぶ》しそうに目を細めながら愛美が話し掛けてきた。

「どうかな。半年に一回くらいだから、多くはないと思う」

学生時代はもう少し頻繁に学会に顔を出していたが、科捜研の職員になってからは頻度は低下した。仕事の忙しさというより、出張手続きの面倒臭さの影響が大きい。書類を何枚も出さなければならないと思うと、どうしても二の足を踏んでしまう。

「学会で新亜大学の人と話したりは？」

「いや、ないかな」

「じゃあ、これから会う相手の情報はゼロか」と愛美が口を尖《とが》らせた。

北上たちはこの大学の理学部に勤める、能代剛史という研究者に会いに来た。年齢は三十二歳で、助教として有機化学を研究している。専門分野はケイ素と炭素からなる物質の特性の研究だそうだ。

能代は、毒殺事件が起きた懇親会の参加者の一人だ。犠牲者となった羽鳥教授の教え子で、学生時代は彼の研究室に所属していた。

能代に話を聞きに来たのは、彼がアンケートへの回答を拒否したからだ。伊達が作成した、懇親会の様子を知るためのものだ。

まだ回答が届いていない参加者はいるものの、現時点で「回答しない」という返事を寄越してきたのは能代だけだった。しかも、彼だけではなく同じ研究室の学生全員が回答を拒否していた。その理由を確認するため、こうして足を運んだというわけだ。

「面識はなくても、どんな人かは論文を見ればなんとなく分かるよ」

愛美と並んで歩きながら、北上はぽつりと言った。

「え、どういうこと?」

「あくまで私見だけど、科学論文には書き手の性格が現れると思うんだ。特に、実験のデータをどう解釈するか、というパートが分かりやすいかな。予期せぬデータを強引に仮説に当てはめようとする人もいれば、それをもとに自説を組み立て直す人もいる。その姿勢は、本人の生き様を反映してる気がするんだ」

「へえ、面白いね。で、能代さんはどう?」

「彼のデータの解釈にはぎこちなさがあるね。柔軟性が乏しく、予想外の出来事に弱いっていう印象を受けたよ」

「ふむふむ。それ、参考になりそうだね」

そんな話をしているうちに、真ん中で白と灰色の二色に塗り分けられた、六階建ての建物が見えてきた。玄関前の植え込みには、色とりどりのパンジーに囲まれた銀色のプレートがあり、楷書体で「理学部」と刻まれていた。

中に入り、階段で二階に上がる。能代の働く〈新領域創生化学研究室〉は廊下の突き当たりにあった。

事前に来意は伝えてある。スタッフのいる事務室のドアをノックすると、中から浅黒い肌の、がっしりした体格の男が出てきた。黒の半袖Tシャツ一枚にジーンズというラフな格好だ。

「どうも、初めまして。科学警察研究所・本郷分室の安岡と申します」

愛美に続き、「北上です」と名乗り、「能代さんはいらっしゃいますか」と北上は尋ねた。

「能代は自分です」と男は言い、「向こうで話をしましょう」と歩き出した。

案内されたのは、広い会議室だった。正面にスクリーンがあり、テーブルと椅子がずらりと並んでいる。詰めて座れば七、八十人は入れそうだが、今は誰の姿もなかった。

能代は北上たちに適当な席を勧め、前の列の椅子を反転させてこちら向きに座った。

「もうすぐ研究室のミーティングがあるんです。手短にお願いします」

そう言って能代が腕を組む。表情は硬く、こちらに向けられる視線は険しい。

警戒心を解こうと、「我々は刑事ではありません。科学捜査を受け持つ部署の人間です」と北上は言った。

「……でも、羽鳥先生が殺された事件の捜査をしてるんでしょう」

「はい、そうです。容疑者の絞り込み作業に協力しています」と愛美が頷く。「今日、こうして足を運んだのは、お送りしたアンケートに関する確認のためです。回答を拒否した理由を教えていただけませんか」

「別に義務じゃないでしょう？　だから、学生にも無視しろと言いました。時間の無駄ですからね」

「義務ではありませんが、ご協力いただければ捜査は進みます。能代さんのところにも、連日のように刑事が聞き込みに来ていると思います。容疑者のリストから外れれば、聞き込みの回数は減り、研究に集中できるようになるはずです。我々にも能代さんにもメリットがあると思いますが」

　愛美の言葉に能代が黙り込む。正しい理屈に反論が思いつかないようだ。能代は実直で不器用な性格である——本人と会ってみて、論文から受けた印象が正しかったことを北上は実感した。

　少し揺さぶりを掛けてみるか。北上はテーブルの上で手を組み、まっすぐに能代を見つめた。

「理由なくアンケートを拒否すると、疚《やま》しいところがあると思われかねませんよ」

「疚しい……？」と能代が眉根を寄せる。

「犯人を知っていてかばっている、あるいはご自身が犯行に関わっている――捜査本部がそう判断するかもしれない、ということです」

「そんな横暴な！」と能代がテーブルに拳を打ち付ける。

「当然の判断だと思いますが」

「俺は無実ですよ。羽鳥先生には学生時代からずっとお世話になってきたんです」

「付き合いの長さは、無実の証明にはなりません」と愛美がすかさず指摘する。「逆に、昔からの知り合いだからこそ、恨みを抱く可能性も高まるとも言えます。今回、羽鳥氏は大勢の前で殺されました。ただ殺したいなら、夜道で襲う方が簡単です。自ら容疑者になるリスクを負ってまで毒殺にこだわったのは、強い恨みがあるからではないでしょうか」

「妹のことがあるから俺を疑ってるんですか」

「――妹？」

愛美の眼差《まなざ》しが鋭さを帯びる。

能代は気まずそうに目を逸《そら》し、「いや、なんでもないです」とぼそぼそと呟いた。

「とにかく、回答拒否は撤回します。それで構いませんよね」

「ええ、よろしくお願いいたします」と微笑し、愛美が席を立った。北上も立ち上がり、能代に一礼してから部屋をあとにした。

一階に降り、建物を出たところで、「北上くんの言う通り、打たれ弱い人だったね。動揺してた」と愛美が言った。

「あれは演技じゃないね、たぶん。突っ込んで調べたら、興味深い事実が出てくるかもしれない」

北上が頷いた時、スマートフォンから音が聞こえた。取り出してみると、LINEの研修生のグループトークページに伊達からメッセージが届いていた。

「伊達さんからだ。アンケートの解析結果が出たってさ。暫定的なものだけど、一応共有したいって」

「あ、ホント？　じゃ、急いで帰ろうか」

愛美がそう言って歩く速度を上げた。

と、そこで北上は気配を感じて振り返った。

二階の窓に人影があった。ガラス越しに、能代がこちらを見下ろしている。

彼は北上と視線が合うと、逃げるようにそこから離れていった。


午後三時二十分。本郷分室に戻ってきた北上たちを伊達が出迎えた。

「よう、お疲れさん。相手の反応はどうだった？」

「とりあえずアンケートには協力してくれるみたいです。ただ、それ以上に気になることがありましたけど。ね、北上くん」

「そうですね。能代には後ろ暗いところがありそうでした。なので、彼のアンケートにはあまり価値はないかもしれません。大事なことは隠そうとするでしょうから」

「じゃ、暫定版にデータを追加してもそんなに変わらないかもしれないな。ま、とりあえず見てくれ」

伊達はプロジェクターを起動すると、スクリーンにエクセルの表を映し出した。

「これが、戻ってきたアンケートの回答を解析した結果だ。表の横軸は参加者の名前、縦軸は時間経過になっている。セルに記入されている数字は、懇親会の会場のテーブルに便宜的に振った番号だ。どの時間帯に誰がどこにいたか、これを見れば一目瞭然《りょうぜん》ってわけだ」

「と言われましても、細かすぎてよく分からないんですけど」と愛美がスクリーンを凝視しながら言う。

「あとで二人にも送るから、今は詳細は読まなくても構わない。こんな風になりました、って紹介をしただけだ。もっと分かりやすいのをちゃんと作ってある」

伊達が手元のノートパソコンを操作すると、二十ほどの白抜きの円と、複数の点からなる画像が表示された。点は赤、青、緑、黒の四種類がある。

「これは、現場の宴会場を模式的に示したものだ。白丸がテーブル、小さい点が会場にいた人間だ。被害者が赤、被害者と一度でも同じテーブルにいた参加者が青、そうじゃない参加者が緑、で、黒はホテルの従業員だ。いま画面に出してるのは、開始直後の状態だ。時間経過に沿って動かしてみるぞ」

伊達がエンターキーを押し込むと、百を超える点が個別に動き始めた。隣のテーブルに移動したり、食事を取りに行ったりと、常に誰かが移動を続けている。

「これ、すごいですね。アンケートを取っただけで、こんなにはっきりと人の動きが分かるものなんですね」

感心する愛美に、「いや、信じすぎないでくれ」と伊達が冷静に言った。

「分からない部分は結構ある。所詮《しょせん》は人の記憶だ。証言が矛盾してたり、欠落してたりする。アルコールも入ってるしな。だから、なるべく整合性が高くなるように辻褄《つじつま》を合わせてみた。残りのアンケートが届けばもう少し精度は上がるだろうが、完璧なものは無理だ」

「しかし、容疑者の絞り込みには役立つと思います」と北上はコメントした。「事件が起きるまで一度も被害者のいるテーブルに近づかなかった人間には、グラスに毒を入れるチャンスはなかったはずですからね」

「そうだな。だから、再現した行動から参加者それぞれの実行可能性を計算してみた。チャンスの多い順に並べた表がこれだ」

伊達がエクセルに切り替え、作成したリストを表示させる。そのトップ10をざっと確認したが、能代の名前はなかった。

「あの人、入ってないね」と愛美が呟く。

「あの人？　ああ、今日会ってきた能代のことか」

「そうです。ちなみに彼は何位ですか？」

「えーっと……九十七位だな。事件発生時点で宴会場にいた人間の中だと、下から七番目だ。羽鳥教授のいたテーブルには一度も近づいてない。犯行のチャンスはなかった、と断言していいな」

「一度も、ですか？」と北上は思わず尋ねた。

「ああ、周りのテーブルにいた人間がそう言ってる。懇親会の間、最初のテーブルからまったく動かなかったらしい」

「……そうですか」

普通、懇親会に顔を出せばひと通り知り合いと言葉を交わすものだ。しかも、羽鳥は学生時代に指導してもらった恩師だ。近づきもしないのはさすがに不自然だ。

やはり、能代は怪しい。北上はますますその想いを強くしていたが、伊達の出したデータは彼が無実であることを強く主張している。

単なる印象と、論理的な結論。科学を武器に捜査に携わっている身としては、後者を採用するのが当然だ。だが、どうにもすっきりしない。もやもやした薄灰色の煙が体の中を漂っているような感じがあった。

——こんな時、土屋ならどう考えるだろう。

心によぎった疑問を、北上は首を振って追い払った。自身の成長のために、可能な限り自分たちだけで捜査に挑む。それが、残り半年の研修期間での北上の目標だ。とにかく、伊達が作ったリストをもとに捜査を進めていくことを優先すべきだろう。北上は迷いを強引に心の中に仕舞い込み、自分の端末に送られたデータの確認作業を始めた。

6

「——あの、先生?」

佐伯康隆は学生に声を掛けられ、ハッと我に返った。テーブルの向かい側で、指導をしている学部四年生の男子学生が怪訝《けげん》な表情を浮かべている。

「ああ、すまない」

佐伯は頭を切り替え、今後の研究の進め方についてのアドバイスを彼に送った。

「ありがとうございました。失礼します」

一礼し、学生が教員室を出て行く。

佐伯は椅子の背に体を預け、大きく息を吐き出した。学生との面談中に考え事をするようでは、指導者失格と言わざるを得ない。学生の面倒を見るようになって数年が経つが、こんなミスをしたのはこれが初めてだった。

佐伯は目頭を指で押さえた。ここのところ、疲れの取れない日々が続いている。睡眠不足のせいだ。

羽鳥を殺すと決め、それを実行した。警察の捜査は進んでいるが、今のところ自分が疑われている様子はない。油断は禁物だが、過剰に神経質になるような状況ではないはずだ。それなのに、夜にベッドに入ると目が冴《さ》えてしまう。体は疲れているのに、頭が勝手にあれこれと考えてしまうのだ。

と、その時、机の上のスマートフォンに着信があった。画面には枝川春香の名前が出ている。佐伯は念のために部屋の鍵を掛けてから電話を受けた。

「お疲れさま。ごめんね、昼間に電話して」

「何かトラブルか？」

「警察から来てるアンケート、佐伯くんはどうしたのかなと思って」

「それなら、回答してすぐに送り返した。警戒する必要はないだろう」

「そうだよね。実は、能代くんのところに警察の人間が来たの。刑事じゃなくて、科捜研……でもなくて、科警研の職員だったみたいだけど。彼、アンケートへの回答を拒否したんだって。それで、『協力してもらえませんか』って頼みに来たらしいよ」

佐伯は思わず舌打ちをした。

「軽率だな、まったく。そんなことをしたら余計に怪しまれるだけだってことが分からないのか」

「能代くんはほら、単細胞だから。私の方からよく言っておくよ。判断が必要なことはちゃんと話し合ってからにしようって」

「……俺はそもそも、能代と一緒にやるのは反対だったんだ。あいつには先を読む力が足りない。自分の行動がどういう結果をもたらすかってことについて、もっと慎重になるべきなんだ」

「佐伯くんの言いたいことは分かる。でも、私たちの中では能代くんが一番実験が上手じゃない。それに、専門知識も多い。彼がいなければ、今回の計画は実行できなかったと思うよ」

枝川の指摘はもっともだった。佐伯と枝川は何度も話し合いを重ねた結果、リスクを背負っても能代を仲間に引き入れることを決めた。今更それを蒸し返すのは、みっともない行為だった。

「……悪い、今の話は忘れてくれ」

「それは別にいいんだけどね。佐伯くん、声が疲れてるよ。そっちの方が心配かな」

「最近、よく眠れないいんだ。……枝川は平気なのか？」

「平気ってところまでは行かないけど、切り替えはできてるつもり。一番の目標だった美月《みづき》の敵討ちは終わったんだよ。嫌なことは忘れて、自分の研究に集中していくぞって、そう自分に言い聞かせてる」

そう語る枝川の声は明るかったが、どこかぎこちなさがあった。彼女も無理をしているのだな、と佐伯は感じた。

苦しんでいるのは自分だけではない。その気づきが、自然と心を落ち着かせる。

佐伯はため息をつき、「そうだな。切り替えていかないとな」と言った。「捜査はまだ続いてる。油断はしないようにしよう」

「了解。じゃ、またね」

佐伯は通話を終わらせ、スマートフォンを机に置いた。

ブラインドの隙間から、明るい陽の光が部屋に差し込んでいる。肩に当たる日差しに、佐伯は美月の手のぬくもりを思い出した。

彼女は誰よりも優しく、そして思いやりのある人間だった。

――ねえ、なんでそんなことをしたの……?

佐伯たちが羽鳥を殺したことを知ったら、美月はそう言って涙を流すだろう。

彼女は復讐など望んでいない。そのことは最初から分かっていた。佐伯は自分のために羽鳥を殺した。あの男がのうのうと生きていることが許せなかっただけだ。

自分が背負うべき罪の重さを再確認し、佐伯は椅子から立ち上がった。

7

十月二十日、土曜日。北上は東啓大のキャンパスにいた。時刻は午前十一時。さらりとした風が吹いている。ようやく秋になったな、と実感できる爽《さわ》やかさだった。

大学は休みだが、辺りを歩いている人影は少なくない。家族連れや、犬を散歩させている人の姿が目立つ。この天候に誘われ、散策にやってきたのだろう。

東啓大は都心部にある割に広く、植えられている木々の数も多い。構内には遊歩道が整備された池や、おしゃれなイタリアンが楽しめるレストラン、オープンテラスを備えたカフェなどもある。大学の近くには上野公園もあるが、近隣住民は観光客の少ないこちらを好むようだ。

北上は目についたベンチに腰を下ろし、ここに来る前に買ったスポーツドリンクを飲んだ。こうして大学に足を運んだのは、狭い分室で資料と向き合うのに息苦しさを感じたからだった。

今日は、土屋と約束した期限の日だ。だが、毒殺事件の捜査は停滞している。伊達の作成した「犯行可能性評価リスト」は捜査本部に提出済みで、その上位にいた参加者について重点的に調べが進んでいる。テトロドトキシンの入手方法と、殺人に至る動機の有無について念入りに捜査を行ったそうだが、犯人の目星をつけることすらできていないようだ。

現状を打破するため、自分に何ができるのか、何をやるべきなのか。ここ数日、北上はずっとそのことを考えている。しかし、これといった方向性は見いだせていない。

資料のファイルを手に深いため息をついたところで、「あれ？」と横手から声を掛けられた。そちらに目を向けると、白衣姿の土屋がいた。

北上はベンチから立ち上がり、「お疲れ様です」と会釈した。

「ああ、お疲れ。土曜日なのに実験に来たのか」

「いえ、さっきまでは分室の方にいました。事件の資料を読みたかったので。今日が期限ですし。ここへ来たのはただの気晴らしです」

「期限？　なんの期限だ？」

「室長から与えられた捜査期間です」と北上は答えた。

「あ、そうか。そんな話をしたっけな」と首筋を揉みながら、土屋は北上のところにやってきた。「で、捜査の方はどうなった？」

「……正直なところ、停滞しています」

「容疑者の絞り込みが難航してるのか」

「優先順位付けは行いました。しかし、まだ怪しい人物は浮かんできていません」

「ふうん、そうか。ちなみに、君らはどんな手段を使ったんだ？」

土屋はベンチに座り、座面をぽんと叩いた。話を聞こうか、ということのようだ。

北上は土屋の隣に腰を下ろし、アンケートをもとにリストを作ったことを説明した。

北上の話を聞き、「なるほどな。やり方としては悪くない」と土屋は言った。「しかし、結果は伴っていないということだな」

「そうなんです。なるべく科学的なアプローチを取ったつもりなのですが、捜査本部を混乱させてしまったかもしれません」

「混乱？　それは結果論じゃないのか」

「実は、殺人の動機を持つ人間がいるんです。捜査本部は元々は彼らをマークしていたんですよ」

佐伯康隆、能代剛史、枝川春香――彼らは関東近郊の、それぞれ異なる大学に勤務する研究者だ。三人とも同い年で、羽鳥の研究室で大学、大学院時代を過ごしたという共通点を持っている。

捜査本部が着目したのは、能代美月という女性の存在だった。彼女は羽鳥の研究室で研究をしていたが、三年前に首を吊《つ》って自殺した。博士課程の三年生だった彼女は、研究で成果が出ないことを羽鳥からかなり強く叱責《しっせき》されていたという。このままでは博士号を取れないかもしれない。そのプレッシャーで心を病み、人生を悲観して命を絶った——と彼女の知人は証言している。

問題の三人には、能代美月と密接な関係があった。枝川は同じサークルの先輩で、彼女を妹のようにかわいがっていた。能代は彼女の兄で、佐伯は彼女の恋人だった。先日会いに行った時、能代は「妹のことがあるから自分を疑っているのか」といった発言をしていた。あれは美月のことを指していたのだ。

彼らには羽鳥を殺す動機がある。しかし、伊達のリストでは揃って下位に沈んでいる。懇親会が始まってから終わるまで、全員が羽鳥に近づきさえしていないのだ。

北上の話を聞き、「ふむ」と土屋は顎を撫《な》でた。「その三人は、学会の期間中、一度も被害者と接してないのか？」

「いえ、懇親会が始まる前に四人でホテル内のカフェに行っています。『そこでひと通り話をしたので、懇親会では離れたところにいた』と佐伯は証言していますね」

「毒を飲ませるチャンスはあったってことだな」

「しかし、被害者の体内からは、致死量の十倍ものテトロドトキシンが検出されています。それだけの量を投与されれば、即座に効果が出るはずです。しかし、実際に被害者が倒れたのはカフェを訪れてからおよそ三時間後のことでした」

「常識的に考えればそうなる。だが、『当たり前』に縛られていたら、推理の範囲は広がらない。いったん、その常識の枠を取り外してしまうんだ。自分たちが疑われないように、時間が経ってから毒性が現れる……そんな方法がありうるかどうか、という観点で考えてみるんだ」

「常識の枠を、外す……」

時間差で毒を作用させる――。

最初に思いついたのは、カプセルを利用する方法だった。テトロドトキシンをカプセルに入れて投与し、胃の中で少しずつ溶けるようにすれば、懇親会の最中に羽鳥を殺せるかもしれない。だが、羽鳥の胃の内容物からは、ゼラチンのような、カプセルを構成する物質は検出されていない。

一定時間胃の中に留まり、痕跡を残さずにあとから毒を放出する。まるで時限装置のように。カプセル以外にそんな方法があるだろうか。

閃きのヒントを求め、北上は手元の資料に目を落とした。開いていたページには、論文に報告されたテトロドトキシンの合成ルートが載っている。

テトロドトキシンは立体的に入り組んだ複雑な構造をしており、人の手による合成――いわゆる全合成の達成が難しい物質として知られている。難敵ではあるが、それゆえに合成のターゲットとしての注目度は高い。古くから多くの研究者が挑み、何人かが合成ルートの確立に成功している。

合成そのものも難しいが、こういった毒性の高い物質は取り扱いの問題も出てくる。特に、目的の物質に近づく合成終盤では、作業者が猛毒の餌食《えじき》にならないような工夫が必要になる。ただ闇雲に作ればいいというものではないのだ。

うまく考えて作ってるよなあ……。

事件のことを忘れて合成ルートを眺めていた北上は、テトロドトキシンの一つ前の物質に目を留めた。

その化学構造式が、一瞬にして思考を事件の方に引き戻す。

「……あ、もしかして……」

不意に訪れた閃きに、北上は思わず立ち上がっていた。

「思いついたみたいだな」

「正解かどうかは分かりませんが、調べる価値はありそうです」

「なら、やってみるといい。問題は、証拠が残っているかどうかだな」

「血液や胃の内容物は、被害者の死後即座に採取されました。チャンスはあるんじゃないかと思います」

仮説の実証のためには、精度の高い綿密な分析と、それを検証するための実験が必要になる。簡単ではないが、三人で手分けしてやればなんとかなるはずだ。

「いい顔をしている」と土屋が口の端を持ち上げて笑う。「まるで、獲物を見つけた猟犬みたいだ」

「え、そ、そうですか」

「……悪い喩えだったかな」と土屋が寝癖の残る頭を掻く。

いいえ、と北上は首を振った。「実験さえできればあとはどうでもいい」という考え方は偏狭すぎるが、だからと言って実験を嫌いになる必要はない。やるべき時にやるべきことを全力でやる。それに喜びを覚えることは肯定してもいいはずだ。

「一度分室に戻って、他の二人と話し合ってみます。たぶん、そちらの設備を占有することになりますので、よろしくお願いいたします」

「分かった。学生に伝えておこう。俺も手を貸そうか？」

「大丈夫です。自分たちだけでやれます。助言、ありがとうございました！」

北上は一礼し、小走りにその場を離れた。

またしても土屋の手を借りる形になってしまったが、仕方ないと割り切ろうと決めた。土屋との実力差を認め、力が足りない中でどうゴールを目指すのか。それにだけ意識を集中させるべきだ。

ただ難事件を持っていくよりも、そうやって自分たちが頑張る姿を見せることで、犯罪捜査に対する土屋の熱意を取り戻させられるかもしれない。北上はそんな気づきに胸を高鳴らせつつ、歩道を駆けていった。


伊達と愛美に事情を伝え、役割分担を決めてすぐ、北上は警視庁の科捜研へと向かった。そこで羽鳥の遺体から採取したサンプルを受け取り、北上は午後三時過ぎに東啓大に戻ってきた。

当面の分析用として使えるのは、血液二ミリリットルと、胃の内容物を水で十倍に希釈した溶液三ミリリットルだ。北上はまず、胃の内容物の分析に取り掛かった。仮説が正しければ、そこに痕跡が残っている可能性が高いからだ。

最初に試す手法として、北上は誘導結合プラズマ質量分析《ICP-MS》を選択した。これは、アルゴンガスから発生させたプラズマを使って溶液を数千℃に加熱し、サンプルに含まれる成分を原子レベルまで分解してから分析する方法だ。一度の測定で、数十種類の元素を検出できる優れものだ。

土屋の研究室にあったＩＣＰ‐ＭＳを使って分析を行ったところ、一般的な胃液成分と比較して、明らかに含有量の多い元素があった。

原子番号十四、鉱石の主たる構成成分であり、半導体にも使われる元素――ケイ素が多く含まれていたのだ。

その事実を突き止めた瞬間、北上は仮説が真相を射抜いていたことを確信した。

北上はすぐさま、タンデム質量分析計《MS／MS》を用いた分析に取り掛かった。これは、サンプル中に含まれる物質と、それが分解して生じる物質の分子量を測定する手法だ。分子量が分かっても、その物質を構成している元素の種類と数が推定できるだけで、構造を完璧に突き止めることはできない。だが、今回はテトロドトキシンという「本体」がすでに明確になっている。そこを足掛かりに調べていけば、確実に答えにたどり着けるはずだ。

ＭＳ／ＭＳでの分析を始めてから二時間後。午後七時前に、伊達と愛美が実験室に姿を見せた。

「夜ご飯、買ってきたよ。コンビニのお弁当だけど」と愛美。

「ああ、ありがとう」

作業の手を止め、北上は二人のところに駆け寄った。

「どうだ、調子は」

伊達の問いに、「いいタイミングです」と北上は親指を立ててみせた。「ついさっき、殺人に使われた『本当の凶器』を見つけました」

「ホンマに？　めっちゃ早いやん」と愛美が目を丸くする。

「読みが当たったから、一直線って感じだったよ」

北上はノートパソコンを持ってくると、開いた画面を二人に見せた。

「こいつか」と伊達が画面を凝視しながら言う。「テトロドトキシンにケイ素系の保護基をつけたものだな」

「保護基っていうと、化学反応の時に使うやつだよね」

「そう。AとB、反応する部分が二つある時、片方だけにCっていう別の物質をつけておく。AとBCみたいな形だね。このCは特定の化学反応に対して安定であることが大事になる。それで化学反応を行うと、Aは変換されてDになり、BCはそのまま残る。あとは別の化学反応でCの部分を外せば、Bの構造を再生できるってわけ」

「つまり、マスキングテープみたいなものだな」と伊達が補足する。「今回の犯人は、それを逆手に取ってテトロドトキシンを無毒化していたわけだ」

テトロドトキシンは、細胞内のナトリウムチャネルと呼ばれるタンパク質と結合することでその機能を阻害する。筋肉の活動が停止し、呼吸麻痺《まひ》をもたらすのだ。その効果が強力なのは、テトロドトキシンのすべてのパーツがきっちりナトリウムチャネルに入り込んでいるからだ。結合に重要な部分に別の物質がくっついていれば、毒性はたちまち低下してしまう。その「余計なもの」が、今回犯人が使ったケイ素系の保護基だったわけだ。

「保護基を付けたテトロドトキシンであれば、不要な部分が分解されるまでは効果が出ないはずです」

「ん？　ちょっと待って。その分解って、そんなに瞬時に起きるものなの？　少しずつテトロドトキシンに戻っていくんだったら、徐々に麻痺が起こるんじゃ……」と愛美が首を傾げる。

「推測だけど、ここで使われた保護基は、弱酸性から中性の水溶液中で分解されるものだったんだと思う。空腹状態で薬剤を投与した場合、胃の中は強酸性だよね。でも、食事をすると胃酸が中和され、徐々に中性に変化していく。そして、あるｐＨに到達した直後に一気に保護基の分解が進み、テトロドトキシンが体内に放出されたんだ」

と北上は自分の考えを説明した。

「綿密に計算された毒殺だったってことだね……」

「こうして保護基成分が検出された以上、グラスから検出されたテトロドトキシンはいったん無視して考えた方がいいな」と伊達が神妙に言う。「警察を騙《だま》すために、被害者が倒れた際の騒ぎに乗じて入れた可能性がある」

「ようやく相手の尻尾を掴むことができました。これからやるべきことは明確です。懇親会の参加者全員に対し、テトロドトキシン、およびその保護基を合成するのに必要な試薬を買ったかどうかを調べるんです。なるべく証拠を残さないように振る舞っていたとは思いますが、テトロドトキシンの合成は熟達した研究者でも容易ではありません。失敗に備えて新たに買い足した原料があるはずです」

「なるほどな。じゃ、俺が作ったリストはゴミ箱行きだな」

「伊達さんのリストは無駄じゃないですよ」と愛美が伊達の肩を叩く。「私が犯人だったら、疑われないように被害者からなるべく距離を取ろうとしますもん。だから、あのリストの下位ほど逆に怪しいって言えるんじゃないですか」

「そうだな。騙されかけた分、キッチリお返ししてやらないとな」伊達が右の拳を左の手のひらに打ち付けた。「捜査本部とも協力してガンガン進めていこうぜ」

　事件の捜査が大きく進展したという実感があった。ただ、油断はできない。相手は高い知能を有する化学の専門家だ。容疑から逃れるための策を考え尽くしているだろう。

　ここからが本番だ、と北上は気合を入れた。将棋の終盤戦のように、着実な手を打って相手を追い込んでいかねばならない。

8

一週間後、午後八時。近くのコンビニエンスストアで買った夕食を食べつつ、北上たちは作戦会議を続けていた。

大詰めを迎えているという手ごたえはあった。この数日の捜査により、羽鳥を毒殺したと思しき、有力な容疑者たちが浮かび上がってきている。

その容疑者はやはり、佐伯、能代、枝川の三名だった。彼らはこの一年の間に、テトロドトキシンの合成に使える薬品を試薬メーカーから個別に購入している。さらには、彼らの研究室間でたびたび宅配便のやりとりがあったことも分かっている。このことから、三人が手分けしてテトロドトキシンを合成した可能性が高いと思われる。

彼らは懇親会の前に四人だけで羽鳥と会っており、その場で保護基をつけたテトロドトキシンを彼の飲み物に混入する機会があった。しかも、彼らには大切な人間を羽鳥に殺されたという動機もある。

三人が共謀して羽鳥を殺したのは間違いないと北上は考えていた。問題は、それをどう立証するかだった。犯人を逮捕し、裁判で有罪に持ち込むには物証が必要になる。確かに彼らには充分な犯行のチャンスがあった。しかし、「やれた」と「やった」の間には高くて分厚い壁が聳《そび》えている。そこを乗り越えなければならない。

「……やっぱり、彼らの実験室を調べるしかないんじゃないですか。テトロドトキシンを作る途中で余った、合成中間物質が残っているかもしれません」

北上は二人を見回しながらそう言った。

「しかし、空振りに終わるリスクは低くないぜ」と伊達がサンドイッチをかじる。「証拠は念入りに消してるはずだ」

「リスクを承知でやるって選択肢はないですか？」

愛美がおにぎりを頬張りながら、もごもごと尋ねる。

「小学生か？　口の中を空にしてから喋れよ」と苦笑して、伊達はペットボトルのコーラを飲んだ。「ここでミスると、あの三人をより警戒させることになる。さらにガードを固められたら、もう打つ手がなくなるかもしれない」

「では、対案はありますか？」

そう水を向けると、伊達は顔をしかめて腕を組んだ。

「代わりのアイディアも出さずに他人を否定するのは二流のやることだと思ってるが、悪いな。さっきから考えてるが思いつかない」

「ごめん、私も」と愛美が申し訳なさそうに小さく手を上げる。

「厳しいですね……」

北上のため息と共に、分室に沈黙が降りてくる。二人が黙って食事を続けているのを見て、北上は唐揚げ弁当を食べ始めた。話し合いの前に電子レンジで温めたが、米もおかずもすっかりぬるくなっていた。

しばらく箸《はし》を動かしていると、廊下から足音が聞こえた。

北上たちが音の方に目を向けた直後にドアが開き、土屋が部屋に入ってきた。

「よう、お疲れさん。誰かいるかと思ってメシの帰りに立ち寄ったんだが、全員揃ってるとはな」

土屋はそう言うと、くるりと背を向けて部屋から出て行こうとする。「ど、どうされましたか」と北上は慌てて彼を呼び止めた。

「ん？　いや、食事中みたいだったから、邪魔しちゃ悪いなと思ってさ」

「そんなのどうでもいいんで、一緒に捜査方針を検討してください！」

愛美が立ち上がり、土屋の椅子を部屋の中央まで引っ張ってきた。

土屋は「そうか、じゃあ」とそこに腰を下ろした。「で、どうなってるのかな」

「容疑者を三人にまで絞り込むことはできたと思います」

そう言って、伊達がこれまでの経緯を説明する。

話を聞き終え、「なるほど」と土屋は天井を見上げた。「とりあえず、その三人が書いた論文を読んでみるか」

「読めば何か分かるのでしょうか」と伊達が尋ねる。

「あくまで経験則だが、論文には書き手の性格が現れるものだ。三人がどんな人間かを知ってから作戦を立てた方が効率的だろうと思ってな」

「北上くんも同じことを言ってたね」と愛美が視線を向けてくる。北上は「ああ、うん」と頷いた。

「そうか。じゃ、君が論文から感じた印象を教えてくれ」

「……そうですね。能代は直情的で思考の柔軟性が低そうです。枝川は精神的な脆《もろ》さを隠すために強気に振る舞っているような気がしました」

「そんなことが分かるのかよ？」と伊達が怪訝そうに言う。

「ええ。能代は仮説を説明する論理に穴がありましたし、枝川はやや強引に結論を導く一方で、『違う可能性もあるかもしれない』といった言い訳にかなりの文字数を割いていましたから」と北上は説明した。

「もう一人はどうだ？」と土屋が先を促す。

「佐伯は完璧主義者かもしれません。論理の組み立てが慎重ですし、結論に至る過程にも無理がありません。ただ、真面目すぎるきらいはありますね。文章表現は硬質で、ユーモアはまったく感じられませんでした」

「……なんか怖いな」と愛美が呟く。「北上くんに論文を読まれたら、自分でも気づいてなかった弱点を見つけられそう」

「いや、有機化学しか分からないから」と北上は言った。自分のよく知る研究分野だったからこそ、論文の書き手の気持ちが読み取れたのだ。他のジャンルではこうはいかないだろう。

「なかなか興味深い分析だな」

土屋は椅子から立ち上がると、ゆっくりと部屋を歩き始めた。室内をうろつくのは、集中して考え事をする時の彼の癖だった。

土屋は部屋を二周して元の場所に戻ってくると、「三人同時に、ポリグラフ検査をやってみるか」と言った。

「えっ⁉」と叫んだのは愛美だった。「三人いっぺんに、ですか？」

愛美が困惑するのも無理はない。以前、双子が容疑者になった事件で、北上たちは二人同時にポリグラフ検査を行った。動揺を引き出して犯人を特定する目論見だったが、結果は大失敗だった。ポリグラフ検査では犯人しか知らない情報に対する反応を見ることが重要になるが、同じ空間にいれば、互いにだけ分かるサインで情報のやりとりが可能になってしまう。そのミスを通して、一人ずつ行うという基本を守る重要性を北上たちは痛感させられたのだった。

「そのやり方で、犯行を立証できるのでしょうか」

北上の問いに、「いや、そもそもポリグラフ検査にはそこまでの証拠能力はない」と土屋は首を振った。「だから、別の用途に使う」

「別の、用途……」

「ま、やってみなけりゃ使えるかどうかは分からないけどな。俺が質問役をやるから、君らは手続きを進めておいてくれ。出雲さんに言えばなんとかなるだろう。準備が整ったら連絡をくれ」

じゃ、と軽く手を上げると、土屋はろくに説明もせずに部屋を出て行ってしまった。

9

「……ここだな」

佐伯は出入口に掲げられた〈理学部一号館〉の看板を確認してから、建物へと足を踏み入れた。

腕時計で時刻を確認すると、約束の午後一時まであと五分になっていた。そのままロビーを突っ切り、エレベーターで六階に向かう。

六階に到着し、ドアが開く。目の前に、薄手の黒のタートルネックを着た男がいた。髪には寝癖が付いており、足元は素足にサンダルという格好だ。

土屋の顔を見た瞬間、佐伯は先日のポリグラフ検査を思い出した。能代、枝川と共に品川警察署に呼び出され、三人で同時に検査を受けた。その時、担当者としてテーブルの反対側にいたのがこの土屋だった。

ポリグラフ検査では、土屋は似たような質問を何度も投げ掛けてきた。しかも、テーブルには佐伯たちの反応を測定する装置の他に、三台のカメラが置かれていた。一挙手一投足を観察し、心の中まで覗き込もうとする意志がひしひしと伝わってきた。ただ、検査でミスをしていないという自信が佐伯にはあった。自分たちの犯行を立証するようなボロを出さないよう、検査の前に綿密に打ち合わせを行ったおかげだ。その証拠に、検査のあとも佐伯たちは自由に生活できている。

警察は自分たちを疑っている。ただ、未《いま》だに決定的な証拠は摑んでいない。佐伯は現状をそう予測していた。

「や、悪いね、また呼び出して」

「いえ、警察署に行くよりは気が楽です」

「部屋を取ってある。そこで話をしようか」

土屋に連れられ、佐伯は小さな会議室に通された。

六人掛けのテーブルに向かい合って座る。

「この間の検査、協力してくれて助かったよ」

「そちらを助けるためにやったわけじゃありません。僕たちの潔白を証明するために引き受けたんです」

「そうか。じゃあ、もう一度お願いしてもいいかな。すまないが、これを手首につけてもらいたいんだ」

土屋がテーブルに置いたのはスマートウォッチだった。

「突然爆発したり、電気が走ったりしませんか」

「大丈夫。心拍数をモニターするだけだ。俺の手元のスマホでモニターさせてもらうよ。構わないかな？」

ここは余裕を見せつけた方がいいだろう。「いいですよ」と佐伯はスマートウォッチを左手首に巻いた。

「ありがとう。じゃあ、本題に入ろう。この間のポリグラフ検査は成功だった。おかげで知りたかったことが分かったよ」と土屋がにこやかに切り出した。

「……どういうことでしょうか」

「誰がリーダーなのかを調べたくて、あの検査をやったんだ。羽鳥教授を殺すことを決めたのは君だったみたいだな。検査の最中、他の二人は時々君の方を窺《うかが》っていた。自分がミスをしていないか確認するために、君の反応を見てたんだろうな」

「何を言っているんですか？　そんな、僕たちが先生を殺すなんて」

「いい、いい」と土屋が手を振る。「律儀に白を切らなくてもいい。別にこの場のやりとりだけで君をどうこうするつもりはない。黙って聞いててくれたらそれでいい」

「……妄言を聞き流せと?」

佐伯の言葉を無視して、「君がこれまでに出した論文を読んだよ」と土屋は言った。

「真摯《しんし》に研究に取り組んでいる様子がよく伝わってくる、いい文章だった。君は真面目で責任感が強い人間だよ」

「……褒めていただき、光栄です」

「そんな君が殺人計画を主導した、と仮定しよう。警察の手が自分たちに迫った時のことを考えて、君は他のメンバーに疑いが掛からないように手を打ったはずだ。自ら命を絶ち、すべての責任を引き受けるやり方を選んだんじゃないかと俺は思う。その理由は、簡単に死ねる毒が手元にあるからだ。ああ、言い遅れたが、今回の事件で保護基の付いたテトロドトキシンが使われたことはすでに分かってる」

佐伯は息を呑《の》んだ。土屋の推理があまりに完璧だったからだ。

「では、テトロドトキシンはどこにあるのか。ここから先は根拠のない推測だが、普段から肌身離さずに身に着けているんじゃないかと思う」

佐伯は反射的に胸を押さえた。首から提げたロケットペンダント——美月からのプレゼントだ——に、テトロドトキシン入りの錠剤を隠してある。

土屋はスマートフォンの画面を確認し、「心拍数が急上昇しているな」と言った。

「……その数値が殺人の証拠だとおっしゃりたいんですか」

「証拠にはならない。しかし、賭《か》けに出るか否かの判断基準にはなる」土屋はテーブルの上で手を組み合わせ、佐伯をまっすぐに見つめた。「君にはこの場で身体検査を受けてもらいたい」

「嫌だと言ったらどうします」

「力ずくでやることもできる。実は外に刑事を待機させているんだ。俺の合図で彼らが飛び込んでくる。君は毒を飲む間もなく取り押さえられるだろう」

「そんな横暴なやり方をしたら、困るのはそちらじゃないですか」

「そうでもないけどな。言い訳はなんとでもなる。まあ、断っても構わない。もうそろそろ、君の自宅や職場の家宅捜索が始まってる頃だからな。もちろん、裁判所の令状はある」と土屋は落ち着いた口調で言った。

「……そんな話、聞いてませんが」

「今回に関しては、抜き打ちでやらないと意味がないと思ったんだ。別に本人が立ち会わなくても、建物の管理責任者がいれば大丈夫だからな」

佐伯は奥歯を嚙《か》み締めた。警戒はしていたが、警察がそこまで真相に迫っていると は思わなかった。完全に相手の力量を見誤っていた。

「もちろん、家宅捜索ではテトロドトキシンを作った証拠を探す。だが、本命は遺書だ。君が自殺しても、警察は仲間を調べるかもしれない。それを防ぐためには、自分が犯人だと告白する必要がある。君はそう考えて、遺書を準備したんじゃないかと思う」

そう言って、土屋は真剣な眼差しを向けてきた。

「一応、こちらとしては王手を掛けたつもりなんだが……どうかな。毒を捨ててもらえないか」

「……なぜ、私をここに呼び出したんです。家宅捜索の邪魔をすると思ったんですか」

「いや、違う。君に毒を飲ませないためだ。一対一の状況を作りたかった」

「分かりませんね。私が生きようが死のうが、あなたには関係ないでしょう。裁判で真実が明らかにされなければ気が済まないタイプなんですか？」

「ちょっと違うな」と土屋が平然と言う。「君のためじゃない。俺の感じ方の問題だ。すっきりした気分で毎日を過ごしたいんだよ。人が死ぬのを防げる可能性があるなら、多少手間がかかってもベストを尽くすさ」

と、そこで彼がスマートフォンを取り出した。画面を確認し、「君の自宅から、手書きの遺書が見つかったそうだ」とホッとしたように言った。「身体検査、受けてもらえるかな」

佐伯はため息をついた。羽鳥を殺すと決めた時から、最後は自殺して終わるつもりでいた。復讐を終えてしまえば、美月のいないこの世界で生きる意味はないと思っていた。

だが、その決意が揺らいでいる。死ぬのが怖くなったわけではない。自分の死によって、目の前の男を困らせてしまう——そのことが覚悟を鈍らせているらしかった。

「私がこの場で自首すれば、能代と枝川を守ってもらえますか？」

そう尋ねると、「いやー、俺には何とも言えないな」と土屋は首をひねった。「その二人がどう判断するか次第だな。無実を主張するか、それとも共犯であることを認めるか。どっちの可能性が高いのか、君の方がずっと詳しいだろ」

土屋の態度は常に自然体だ。高圧的だったり、慇懃《いんぎん》すぎたりということがない。研究仲間と議論する時のような真剣さと親しみが感じられる。

自分の死が、彼の屈託のなさに影を落とすかもしれない。そう思うと、自然と首の鎖《くさり》に手が伸びていた。

佐伯はロケットペンダントを外し、テーブルに置いた。

「私の負けです。この中にテトロドトキシンをまぶした錠剤が入っています。分析すれば、羽鳥の遺体から採取したものと不純物の割合が一致するでしょう」

「おお、ありがとう。いやあ、これでようやく肩の荷が下りたよ」

土屋はペンダントを握ると、白い歯を見せて小さく笑った。その表情は、初めて研究で成果を出した学生の初々しい笑顔によく似ていた。

10

「――そうですか。我々もそちらに行った方がいいですか？　……はい。分かりました。失礼いたします」

伊達は通話を終え、受話器を戻してため息をついた。

「室長からですよね。どうでしたか？」と愛美が鼻息を荒くしながら尋ねる。

「ついさっき、佐伯は説得に応じて自首したそうだ。自宅から見つかった遺書が決め手になったみたいだな」

「自決用のテトロドトキシンはあったんですか？」

「ああ。隠し持ってたそうだ。室長の読みは完璧だったな」

「……私、思うんですけど、室長が最初から関わってたら、もっと早く解決したんじゃないですかね」

「まあ、それはそうだと思う」と北上は頷いた。「でも、今回は緊急性は低かったからね。研修という意味ではこれでよかったんじゃないかな」

「好意的に解釈しすぎちゃう？」と愛美が口を尖らせる。「室長は私たちにチャレンジさせるために時間をくれたんじゃなくて、興味がなくて放置してただけやん」

「三歩進んで二歩下がるって感じではあるけど、少しずつ前に進んでいる気はするよ。食事に出たついでとはいえ、僕たちの様子を見に来てくれたし。捜査に関心が出てきたんじゃないかな」

「出雲所長に言われたからじゃない？」

「だとしても、前向きな意志は感じられたよ」

「……北上のその考え方、なんかあれだな、ダメ男に惚れた女みたいだな」と伊達が苦笑する。「相手のいいところを必死に見つけて、それで自分を納得させてるみたいに見えるぞ」

「っていうか、北上くんはやっぱり室長と似てる気がする。だから好意的なんだよ」

愛美はそう言って北上の顔をじっと見つめてきた。

「え、何？」

「論文から相手の性格を読み取る方法、教えてほしいな。それができたら、すごい武器になると思うから」

「そうだな。北上のノウハウをうまくプログラムに落とし込んで、論文から自動的に性格を推測する手法を開発したいな」と伊達も同調する。

「いや、そう言われても……言語化できる気がしないんですが」

「やるだけやってみてよ。ほら、例えばこれとか」

愛美は自分の机にあった論文を手に取ると、それを強引に北上に押し付けた。

「それより事件の報告書を書かないと」

「それは私たちがやっとくから。北上くんはそっちの作業に集中して」

「ってことで、よろしくな」

愛美と伊達が自分の席に座り、ノートパソコンを立ち上げる。

「ちょっと、困るんですが」と北上は声を掛けたが、二人はそれを無視してキーボードを叩き始めた。つべこべ言わずにやれ、ということらしい。

せっかく事件が解決したというのに、なぜこんな苦労をする羽目に……。

本当は土屋にも協力してもらいたいが、頼んでも放置されるのが関の山だ。自分一人で進めるしかない。北上はため息をつき、論文に目を落とした。

第二話　溶解したエビデンス

1

平岩文紀《ひらいわふみき》は、ひたすら山道を車で下っていた。

ガードレールの向こうには、鮮やかな紅葉に彩られた斜面が見える。夕暮れの金色の光に照らされた景色は、美しさを超えた神々《こうごう》しさをまとっている。だが、車を停《と》めてそれを眺める気にはとてもなれなかった。

やがて、きついカーブが連続する区間が現れた。ハンドルを握り直そうとしたところで、指が震えていることに平岩は気づいた。

「……なんで今なんだよ」

一人きりの車内で呟き、平岩は舌打ちをした。

さっきまでは何ともなかった。鼻歌を口ずさむ余裕もあった。それなのに、今になって体の方が反応してしまっている。

落ち着け、と自らに言い聞かせ、平岩は実家の押し入れに隠してある一千万円のことを考えた。借金を返しても、八百万円は残る。それだけあれば、数年は余裕のある生活が送れるはずだ。

怯《おび》えは何も生み出さない。楽しいことだけを考えればいい。そう自らに語り掛けるものの、逆に鼓動が激しくなってくる。

怯えが体に伝わるにつれ、本当にこれでよかったのか、という後悔が込み上げてきた。自分がやったことは、議論の余地のない明確な犯罪だ。もし発覚すれば、懲役刑は免れ得ないだろう。

仕事を引き受けた時は、この程度のことで一千万ももらえるのか、と小躍りして喜んだ。だが、実際にやり終えてみると、その程度の金では足りない気がしてきた。

作業そのものは大したことはなく、肉体的な疲労もさほどでもない。だが、その非日常的な記憶は脳に深く刻まれてしまった。一生忘れることはないだろう。その対価が一千万というのは、改めて考えると少なすぎる。

いや、待てよ……平岩はそこではたと気づいた。頼まれた仕事はまだ半分しか終わっていない。

残りの半分の依頼をこなせば、さらに七百万が手に入ることになっている。「作業をすることで、トランクルームの鍵の番号が分かるという仕組みだ」と依頼人は言っていた。たぶん、そのトランクルームに金が置いてあるのだろう。

ただ、前半の作業よりも後半の作業はハードだ。悪夢にうなされ、眠ることを恐れるようになってしまうかもしれない。やはり、七百万円では明らかに少ない。

「……別に、もういいか」と平岩は呟いた。依頼人は作業を完遂することを望んでいるだろうが、そんなのは知ったことではない。所詮は赤の他人同士だ。逃げてしまったところで、良心の呵責《かしやく》に悩まされることはない。

そう決めてしまうと、すうっと気分が楽になった。嫌なことはさっさと忘れて、酒でも飲んで寝てしまおう。

さっきまでの指の震えは止まっていた。平岩はほっと息をつき、ハンドルをしっかりと握った。

長い下り坂の先にカーブが見えている。メーターパネルの表示は、時速七二キロとなっていた。ちょっとスピードが出過ぎている。平岩は口笛を吹きつつ、ブレーキペダルを踏み込んだ。

「……ん？」

ぞわり、と寒気が背中を這《は》い上がっていく。流れる景色に違和感がある。平岩はスピードメーターに目を向けた。さっきは「72」と表示されていた液晶画面に「80」と出ていた。重力に引かれて車が加速している——つまり、ブレーキがまるで利いていないということだ。

力が足りなかったのか。平岩は足裏の感触を確かめながら、もう一度ブレーキペダルを踏んだ。硬いものを押し込んでいる感覚はある。しかし、景色が後ろに過ぎ去っていく速度はさらに上がっている。

やばい、やばい、やばい。脳が非常信号を出している。

何か手を打たねばならない。だが、焦れば焦るほど頭が真っ白になっていく。

とにかくスピードを落とさなければ。平岩は減速させるためにシフトレバーに手を伸ばした。だが、レバーを摑む前になぜか腕が動かなくなった。パントマイムのように、宙でぴたりと手が止まっている。その指先は大きく震えていた。

目の前にカーブが迫っていた。

もう、速度を緩めるだけの時間はない。

「なんなんだよ、ちくしょう！」

呪縛を断ち切るように大声で叫び、平岩は強引にハンドルを切った。

急激な方向転換に、ギシギシとタイヤや車体がきしむ。

平岩は歯を食いしばりながら、必死にハンドルを切り続けた。

対向車線を越え、ガードレールが眼前に迫る。

「うおおおっ！」

ガードレールを舐《な》めるようにしながら、平岩はなんとかカーブを曲がりきった。

安堵《あんど》の吐息をついた瞬間、こちらに向かってくるダンプカーが見えた。

坂道を登ってきたダンプカーの運転手が、大きく目を見開いている。

その驚愕《きょうがく》の表情が、平岩がこの世で最後に見た光景になった。

2

十一月十九日、月曜日。昼下がりの本郷分室で、北上は伊達と共にテーブルを組み立てていた。天板は角の丸い正方形で、四人でぐるりを囲んで話し合うのにちょうどいいサイズになっている。研修生三人で相談して選び、インターネットの通販サイトで買ったものだ。

　仮止めしてあったネジを締め、「よし、できたな」と伊達が立ち上がった。

「置く場所は……やっぱり部屋の真ん中ですかね」と、北上は分室を見回した。

「そうだな。壁際に置くと三人しか座れなくなるからな。真ん中でも通行の邪魔にはならないだろう」

　伊達と二人でテーブルを持ち上げ、部屋の中央に設置する。と、そこでドアが開き、買い物に行っていた愛美が部屋に入ってきた。

「おう、お疲れ。ちょっと遅かったんじゃないか」

「そうなんですよ。ネットで調べて行ったお店が休みで。探し直したり道に迷ったりで、ギリギリの時間になっちゃいました」

　愛美は持ち手のついた紙袋をテーブルに置き、中から箱を取り出した。開いてみると、シュークリームが四つ入っていた。

「……四つでいいのか?」と伊達が眉根を寄せる。「室長の分がないぞ」

「どうせ来ないですよ、あの人は」愛美はそう断言し、電気ケトルに水を入れて湯を沸かし始めた。「北上くんが連絡した時、なんて言ってた?」

「……『行けたら行くかもしれない』って」

「それ、一〇〇%来うへんやつやん。断る時の常套句《じょうとうく》だよ」

「室長はそういう曖昧なごまかし方はしない人だと思うけどね。行けないならはっきりそう言うはずだよ。一応、検討するって意思はあったんじゃないかな」

「ま、でも来ないだろうな」と伊達が嘆息する。「俺たちだけで話を聞くとしようか」

と、その時、分室のドアがノックされた。

「え、室長来ちゃった?」と愛美が目を見開く。

「いや、あの人はノックしないだろ」

伊達が出入口に近づき、ドアを開ける。

そこにいたのは、艶《つや》やかな髪をポニーテールにした小柄な女性だった。黒縁の、やや扁平《へんぺい》な形の眼鏡を掛けている。年齢はおそらく二十代後半だろう。ただ、レンズの下の目は大きく、睫毛《まつげ》も長い。その幼い印象のせいか、黒のスーツがあまり似合っていないように感じられた。

「初めまして。警視庁の小金沢沙織《こがねざわさおり》と申します」と彼女が丁寧に一礼した。

伊達、北上、愛美の順に自己紹介する。壁の掛け時計は二時五十分になっていた。約束の午後三時よりは少し早いが、愛美の言う通り、たぶん土屋は来ないだろう。

北上は土屋の椅子をテーブルのところまで運んでくると、「こちらへどうぞ」と小金沢にそれを勧めた。

「ありがとうございます。失礼します」と彼女がそこに座る。

「ちょっと待っててくださいね。コーヒーを淹《い》れますので」

愛美がコーヒーの準備を始めると、「そんな、お気遣いなく」と小金沢が困ったような表情を浮かべた。わざとなのか自然なものなのか分からないが、口元がアヒル口になっていた。

シュークリームとコーヒーが揃ったところで、「今日はお時間をいただき、本当にありがとうございます」と改めて小金沢が頭を下げた。

彼女は、警視庁の身元不明相談室という部署の職員だ。彼女たちは都内で見つかった遺体の身元の確認作業を行っているという。

身元特定が難航しているので、協力してもらえないか――身元不明相談室の責任者は、最初は科警研の本部の方に問い合わせをしたそうだ。それを聞きつけた出雲が、「本郷分室の方で受ける」と返答したという。

出雲と話をしたわけではないが、彼がどうしてそういう判断をしたのかは想像がつく。これまでいろいろと難事件の捜査を行わせてきたのに、一向に土屋が犯罪に興味を示す様子はない。それなら、違う方向からアプローチしてみるか……きっとそんな風に考えたのだろう。

「これがお願いしたい方の資料です」と、小金沢が封筒を差し出した。

伊達がそれを受け取り、紙の束を引き出す。

ざっと資料を一瞥《いちべつ》し、「なるほど、これは一筋縄ではいきそうにないですね」と伊達は神妙に呟いた。

「……そうですね。何しろ、どんなお顔なのかも分かりませんので」

細い眉をひそめながら言い、小金沢は遺体についての説明を始めた。

その遺体が発見されたのは、およそ二週間前のことだった。

場所は奥多摩《おくたま》の山中、山梨県との県境近くにある製材工場跡だ。すでに使われなくなって久しいその場所に、一本のまだ新しいドラム缶が放置されていた。サイズは二〇〇リットル。高さが八四センチ、内径が五七センチ程度のものだ。

それに気づいたのは、たまたまそこを訪れた土地の管理者の男性だった。敷地の隅の草むらに、見慣れないドラム缶がぽつんと置かれている。これは不法投棄されたものに違いないと思って近づいてみると、ドラム缶から強い異臭が感じられたという。

管理者の男性はすぐさま警察に電話をし、警官立ち会いのもとで蓋《ふた》を取り外した。そこにはおぞましいものが収められていた。なみなみとドラム缶を満たすどろりとした茶褐色の液体の中に、白骨化した遺体が沈んでいたのだ。

骨の形状などから、遺体が男性のものであることは確定していた。成人で、身長は一六五センチ前後だと推定されている。発見時の状態から、被害者はドラム缶の中で体育座りのような格好をしていたことも分かっている。生きていれば身動きをしていたはずなので、死後にドラム缶に入れられたのだろう。

なお、ドラム缶の液体は、五パーセント濃度の水酸化ナトリウム水溶液だった。極めて強いアルカリ性の液体であり、タンパク質のアミド結合を破壊する作用がある。それに浸かっていたために、タンパク質でできている部分が分解されてしまったのだ。

「……遺体発見の状況はそのような感じでした」

そこでいったん言葉を切り、小金沢は沈鬱な様子でため息をついた。伊達や愛美も顔をしかめている。遺体と対面した瞬間のことを想像してしまったのだろう。

科捜研の職員は基本的に現場には足を運ばないため、北上にはそういった凄惨《せいさん》な光景を直接目の当たりにした経験はない。だが、それがどんなものかを思い浮かべることはできる。その場に居合わせた人たちは、しばらくまともに食事もできなかったのではないだろうか。

小金沢は深呼吸を挟み、「遺体のことをもう少し説明します」と北上たちを見回した。

「大きな特徴は、遺体の胸骨や、それに繋がる肋軟骨《ろくなんこつ》が骨折していたことです。特に、胸骨はまるで巨大なハンマーを叩きつけたかのように激しく砕けていました」

「つまり、殺人事件だと」

北上が尋ねると、小金沢は小さく頷いた。

「おっしゃる通りです。遺体の発見状況から見ても明らかですから。現場を管轄する青梅《おうめ》警察署に捜査本部が設置され、殺人事件として捜査が行われています。被害者に対して捜索願が出ている可能性もありますので、私たちも身元の特定作業に協力していますが……手掛かりが少なく、とても難航しています。現場付近からは、遺体の身元を示すものは一切見つかっていません」

「遺体は完全に白骨化していたんでしょうか」

愛美の問いに、小金沢は「ええ」と目を伏せた。「どのくらい前にドラム缶に入れられたのかは分かりませんが、組織はほとんど残っていませんでした」

「衣服もなかったんですか」

「はい。脱がしてからドラム缶に入れたと思われます。唯一、見つかったのは、小さなプラスチック片だけです。楕円形で、大きさは一センチ程度です。そこには〈7524〉という四ケタの数字が彫られていました」

「何かの暗証番号ですかね」

「それはまだ調査中です」

「いずれにしても、単純な殺しじゃなさそうですね」と伊達が腕を組む。「よほど強い恨みがあったのか、あるいは暴力団の見せしめか……」

「いかがでしょうか」小金沢がゆっくりと顔を上げ、伊達を見つめる。「ご協力いただけますでしょうか」

「出雲所長からの内諾は得ているわけでしょう。それなら、こちらで断るということはしません。一応、分室の責任者である室長に話はしますが、今日明日にはきちんとした返事ができると思いますよ」

　伊達はにこやかにそう説明し、「実は」と切り出した。

「俺はもともと埼玉の科捜研にいたんですが、画像処理が専門分野でして。例えば監視カメラの映像から身元を割り出したり、ＳＮＳの画像から情報を引き出したりといった技術に親しみがあるんです。それもあって、そういったノウハウを身元の特定に使えないかなと前々から考えていました。今回、こうして難しい依頼をいただけることは一つのいいきっかけになります。独自のアイディアを盛り込みつつ、効率的な方法を模索していけたらと思います」

　伊達は正面に座る小金沢の顔を見つめながら、得意気に話している。普段から伊達の喋りは滑らかだが、今日はいつにもまして言葉数が多い。小金沢が好みのタイプで、よく思われたいのかもしれない。

ちらりと愛美の表情を窺うと、口元が微妙に緩んでいた。笑いを堪《こら》えているらしい。伊達の張り切りっぷりが面白くて仕方ないようだ。

それから約十分後。軽い雑談を終え、小金沢が分室をあとにした。

ドアが閉まると、伊達はふっと息を吐き出した。

「伊達さーん。エレベーター前まで見送った方がよかったんじゃないですかあ」

愛美がにやにやしながら言うと、「は？　なんでだよ」と伊達は眉間にしわを寄せた。

「またまたあ。隠す気がなかったくせに、とぼけないでくださいよ。北上くんも気づいたよね？」

なんとも答えづらい質問だ。北上は「いや、どうかな」と目をそらした。

「どうやら、北上くんにも伝わってたみたいですよ」と愛美が嬉《うれ》しそうに言う。「小金沢さんのことが気に入ったんでしょ？」

「別に」と伊達は肩をすくめた。「綺麗《きれい》な女性と話をすると、誰でもどぎまぎするもんだ。男の悲しい習性だよ」

「綺麗だと感じたんですね。それってつまり、気になったってことじゃないですか」

「しつこいぞ。中学生かお前は？　いいかげんにしろよ」

伊達が軽く愛美を睨《にら》む。

「素直に認めればいいのに。なんなら、コネを使って連絡先を聞き出しますよ」

愛美の言葉に、伊達の眉がぴくりと動く。

「……だから、別にどうでもいいって言ってるだろ」

伊達はそう言うと、「さて、室長にアポを取るか」と電話の受話器を取り上げた。


それから二時間後。北上たち三人は、東啓大学の土屋の部屋を訪れた。

ノックをしてドアを開けると、土屋は自分の席でまじまじと手元を凝視していた。

手に持っているのは、一本のボールペンだ。

「どうされましたか？」

伊達が尋ねると、「君らはこれを知ってるか？」と土屋がやや興奮気味に言った。

差し出されたボールペンを受け取り、伊達が怪訝そうに首をかしげる。

「……すみません、よく分かりません。不勉強なもので」

「尻のところを見てみろ。ゴムがついているだろう。これでこすると、ボールペンの文字が消えるんだ。すごい発明だよな」

土屋は得意気に言って、机の上のペン立てから数本のボールペンを取り出した。黒、赤、青、緑、紫……様々な色の、「こすると消せるボールペン」が揃っていた。先月ここに来た時はなかったものなので、最近になって買い集めたのだろう。

この手のボールペンは約十年前から市販されており、世の中に浸透しきっている。「大ヒット商品」と呼ばれる時期は過ぎ去り、もはや「常に文具店に置いてある定番商品」の域に達している。

正直、知らない方がどうかしているレベルだとは思う。土屋は添削や採点などで日常的に文字を書くのだからなおさらだ。ただ、彼には一般常識は通じない。指摘しても互いに嫌な思いをするだけなので、何も言わないことを北上は選択した。

「室長、よかったら召し上がってください」

愛美が紙箱をそっと差し出す。小金沢との打ち合わせのために買ってきたものだが、結局手を付けずじまいだった。あんな話を聞いてしまったせいだ。消費期限も短いということで、こうして土屋への手土産に流用したというわけだ。

箱の中身を確認し、「お、シュークリームか」と土屋が呟いた。

「室長は甘いものは大丈夫ですか？」と伊達が尋ねる。

「まあ、好きか嫌いかで言えば好きだな。食べると脳が活性化する気がするから、チョコレートや飴《あめ》を引き出しに常備している。ありがたくいただくよ」

「それは何よりです」と頷き、伊達がメモ帳を取り出した。「今回の協力依頼について、説明してもよろしいでしょうか」

「ああ、うん。食べながら聞くよ」

そう言うと、土屋は躊躇《ちゆうちよ》なくシュークリームを食べ始めた。伊達は戸惑いつつ、小金沢からの依頼について説明した。

「……というものなのですが、いかがでしょうか」

「うん、やったらいいんじゃないかな」

あっさりと言い、土屋は手に付いたクリームをティッシュで拭った。

「念のために伺いますが、一緒にやっていただけますか」と愛美が醒《さ》めた声音で尋ねる。その冷たい視線からは、どうせやらないでしょ、という諦観が感じられた。

「悪いけど、学会の予定が入っててな。しばらくその準備で忙しいんだ」

「そうですか。じゃあ、いつも通りということで構いませんね」

愛美が呆《あき》れたように言う。土屋は「ああ、頑張ってくれ」と頷いた。愛美の態度に腹を立てている気配はない。寛大というより、単にそれに気づいていないだけのようだ。

「今の時点で何かアドバイスはありますか？」

北上が尋ねると、「死因はしっかり調べた方がいいだろうな。胸骨が砕けていたそうだが、そこに事件解決のヒントがあるかもしれない」と土屋は答えた。

「了解しました。肝に銘じます」と北上は神妙に頷いた。

三人揃って土屋の部屋をあとにする。

エレベーターに乗り込んだところで、「とりあえず個人戦で行くか」と伊達が切り出した。

「自分の得意分野を活かすということですね」

「ああ。謎の多い事件だが、物証は豊富だからな。それぞれ違うアプローチで情報を引き出した方がいいだろ」

「とかなんとか言って、手柄を独占したいんじゃないですか。小金沢さんにアピールするために」

愛美がそう指摘すると、伊達は彼女をじろりと睨んだ。

「……くどいって言ってんだよ」

エレベーターの扉が開くと同時に、伊達は北上たちを残してさっさと歩いて行ってしまった。

「怒らせちゃったかな」と愛美が気まずそうに呟く。

「まあ、怒ってたね」

「……ちょっとやりすぎだったね。事件に集中しなきゃ」と愛美が頬を軽く叩いた。

「個人戦だとしたら、北上くんはどうやって進めていくつもり？」

「そうだね。せっかくだから、土屋さんのアドバイスを参考にしたいと思う」と北上は答えた。

　化学的な知識を活かすにしても、方向性が定まらなければ無駄な努力になってしまう。骨がどうやって砕けたのかを調べ、そこから深掘りしていく――まずはその方針で進めていくことにした。

3

「お疲れさまー」

　依頼を受けてから一週間後の午後三時過ぎ。北上が東啓大の実験室で液晶モニターに向かっていると、ふらりと愛美が現れた。

「ああ、お疲れさま」

　北上は作業の手を止め、椅子を回して彼女の方に向き直った。

「どう、調子は。何か面白いことは分かった？」

　愛美が手近にあった椅子に座り、そう尋ねてくる。

　北上は首を振った。

「いや、まだ全然。慣れないことをしてるからね……」

　北上は今、殺された男性の胸骨の破損状況から、どの程度の衝撃が加わったのかを検討している。胸骨は厚さが一・五センチほどあり、そこに繋がっている肋骨《ろっこつ》が衝撃を緩和する役割を果たすため、完全に破壊するには相当のエネルギーが必要になる。

男性に何が起きたのか？　昔なら実物の模型を使って実験するところだが、北上はコンピューターシミュレーションを利用して計算を行おうとしていた。

土屋の研究室では土砂崩れや河川の氾濫《はんらん》、津波などをシミュレーションするために、精度の高い物理演算ソフトウェアを使っている。それを用いて胸部の構造を再現すれば、破壊の状態に見合ったエネルギーを算出できる。

「使い方が分からない感じ？」

「いや、学生さんに教わって、ひと通りはこなせるようになったよ。橋や高層ビルに比べたら、ヒトの胸部は構造体としてはシンプルなものだしね」

「でも、結果に納得はできてない」

「……うん、加えられたエネルギーの数値が大きすぎるんだ」と北上は嘆息した。「その数値に当てはまる凶器が見つからなくってね」

「意外なものなんじゃない？　例えば、銃とか」

「違うと思う。少なくとも普通の拳銃ではありえないね。もっと強力じゃないと」

「一撃によるダメージだって考えるから合わないのかも。柄が長くて先が重いハンマーを何度も叩きつけるような、連続的な破壊はどうかな」

「それはありうるよ。ただ、そうすると凶器の種類はぐんと広がるわけで、死因や遺体損壊の状況を予測するのはほとんど不可能になるね」

「まあ、それはしょうがないんじゃない。傷痕が分かる遺体じゃないんだし」

「何のために、という観点でも考えてるんだけど」北上はそう言って椅子から立ち上がり、適当に付近をうろつき始めた。土屋の真似だ。「仮に道具がハンマーだったとして、どうして胸骨を砕いたのかな」

「それは……やっぱり恨みを晴らすためかな」

「その場合、胸を狙う？」と北上は疑問を口にした。「一般的な攻撃対象は顔や頭じゃないかな」

「それは人によるんじゃない。あるいは、犯人がドラッグでまともな判断ができない状態だったとか」

「でも、水酸化ナトリウム水溶液を注ぎ入れるという作業には冷静さが感じられるよ。ドラム缶への遺体の入れ方も、埋葬するみたいに丁寧だった。激しい恨みや正常な思考の喪失というのは、ちょっと考えにくい説かな……」

と言ってはみたものの、歩き回って考えてみても犯人の意図は思いつかない。やはり、推理にはデータが必要だ。とにかく、シミュレーションを繰り返してヒントを摑むしかないようだ。

歩き回るのを止め、「安岡さんの方はどう?」と北上は尋ねた。彼女は彼女のやり方で検証を進めているはずだ。

「私の方もイマイチ」と彼女が肩をすくめる。

「どういうやり方を試してるのかな」

「とりあえずはってことで、ドラム缶の水酸化ナトリウム水溶液からDNAの抽出を試みたんだ。もし遺体の男性に犯罪歴があれば、警察庁のDNAデータベースでヒットするかもしれないでしょ」

「なるほど。王道的な選択だね」と北上は言った。十五年ほど前から、警察庁では犯罪現場で採取したDNAや、捜査のために被疑者から採取したDNAの情報をデータベースに登録し、検索システムを運用している。

「でもダメだったよ。強烈なアルカリ性のせいでDNAがズタボロになってて、断片情報しか読み取れない。短すぎると個人の特徴が消えちゃって、データベースで引っかかりすぎるんだ」

「骨の内部からの抽出は? 骨髄ならアルカリから守られてるかもしれない」

「それはそうかもね。でも、それをやると骨を破壊することになるから、捜査本部の担当者と相談してからになるね。今はまだ、少ない試料で成果を出す方法を模索したい、ってのが私の方針」

「そうか……。捜査の状況はどうなの？」

「試料をもらう時に少し話を聞いたよ。今のところ目撃情報はゼロだって。現場は山奥にあって、近くに民家もないようなところだから当然だけどね」

「遺体が捨てられた時期について、調査は進んでるのかな」

「それもはっきりしないみたい。半年前に管理者が立ち寄った時にはなかったらしいから、それ以降なのは確かだけど……」

「本当に手掛かりが少ないね……」息を吐き出し、北上は椅子に座った。「プラスチック片については？」

「さあ……あれを手掛かりにするのは難しいと思うよ。ただの数字だし」と愛美が首を振る。

「それもそうか……。あれから、伊達さんと連絡は取った？」

「……ううん。こっちからは何も。北上くんは？」

「僕もまだ。伊達さんは自信がありそうだったけど、何をしてるんだろうね」

「何かいいアイディアがあるっぽかったよね。画像解析を使った方法だろうけど……」

愛美は腕組みをして、「まだ怒ってるのかな」と呟いた。

「それはないと思うよ。自分のやるべきことに集中してて忙しいだけだよ。もしいい結果が出たら、すぐに向こうから連絡があると思う」

北上がそう言った時、北上と愛美のスマートフォンが同時に音を立てた。見ると、伊達からLINEにメッセージが届いていた。

〈進捗《しんちょく》報告をしたい。分室に集合できるか？〉とあった。

「……北上くんの言う通りだったね」と愛美が微笑む。

「思ったより早かったけど」と笑みを返し、北上は〈すぐにでも行けます〉と伊達に返事をした。

十五分後。愛美と共に本郷分室に戻ると、すでに伊達が待っていた。その表情は自信に溢《あふ》れている。

「よう。二人で外出か」

「東啓大の方に行ってました。伊達さんはどちらへ？　ここ数日、毎日のように外出してましたが」

北上が尋ねると、「港区《みなと》にある、〈ベータデジタルスタジオ〉って会社だ」と伊達は答えた。「CG制作の会社で、規模は小さいが国内外の有名作品に関わってる。埼玉の科捜研時代から何度か連絡を取ってたところなんだ」

「CG……？　何のためにそんなところへ？」と愛美が首をかしげる。

「そこはリアリティにこだわってる会社でさ。頭蓋骨を設定してから人の顔を描写するっていう手法で映像を作ってるんだ。しかも、本物の頭蓋骨のX線写真とその持ち主の顔を対比させることで得た情報を描画に活かしてるっていうんだから、筋金入りだよな。会社のトップがそういう手法を編み出すことに夢中になってるみたいだ。仕事のためっていうより、ほとんど趣味の世界だよ」

伊達は北上と愛美を交互に見ながら、楽しげにそう説明した。

今の話を聞けば、伊達がやろうとしていることは明白だった。

「つまり、その手法を使えば頭蓋骨からの精巧な復顔が可能だ、ってことですね」

北上が考えていたのとまったく同じことを愛美が先に言う。「ご名答」と伊達は頷き、ノートパソコンの画面を北上たちに見せた。

そこには、男性の顔が表示されていた。年齢は三十代半ばくらいだろうか。眉が太く、鼻は横に広い形をしている。がっしりした顎と角ばった輪郭からは、頑固で真面目そうな印象を受けた。

「彼らの協力を得て、今回見つかった頭蓋骨から顔を作成してみた」

「これ、歳は合ってるんですか？　年齢はまだ断定されてないはずですけど」

「描画ソフトが、『過去のデータと照らし合わせるとこのくらいの年齢だろう』って予測したんだ。加齢によって骨密度が変化すると、頭蓋骨も少しずつ変形していくらしいんだ。その変形具合から年齢が予測できるんだろう」

「なるほど……」と北上は頷いた。ＣＧと言うと、どれだけ精巧でもどこか違和感があるものだが、この画像にはそれが感じられない。大量の頭蓋骨からデータを取っただけのことはある。「これを使って、警察のデータベースと照合するわけですね」

「そうだ。ちょうど今、犯罪者や行方不明者の顔写真と比較してるところだ。そろそろ照合が終わった頃かな」

伊達はノートパソコンを操作し、「……むう」と眉根を寄せた。

「まだ終わってなかったんですか」

愛美が画面を覗き込みながら訊く。

伊達は「いや」と頭を掻き、ため息をついた。「検索したがヒットがなかった」

「別にがっかりする必要はないと思いますが」と北上は言った。「作成した顔が不適切だったと判明したわけじゃないでしょう。単純にデータベースに登録されていなかっただけ、という可能性もあります」

「それはそうだけどさ。一発でバシッと決まったらカッコいいだろ」

「小金沢さんにアピールするっていう意味ではそうですね」と愛美がまた言わなくていいことを言う。「でも、まだ諦めるのは早いですよ」

「諦めるもなにも、俺は別に彼女のことを何とも思ってないんだが」

伊達が愛美を睨む。

するとと彼女は手を振って、「勘違いしないでくださいよ。小金沢さんのことじゃなくて、画像から人物を探す作業の方ですよ」と苦笑した。

「……紛らわしい言い方をするなよ」

「失礼しました。試してみてほしいのは、類似画像検索です。画像をインターネットにアップロードすると、それと似た画像を探してきてくれるっていうやつですね」

「それを使って、この顔写真に近い人間を探そうっていうのか。うまく行くとは思えないんだが……」

「いいじゃないですか。手間はほとんど掛からないんだし、やるだけやってみたら。意外と有名人かもしれませんよ」

「しかし、誰でも利用できるネットのサービスを使うってのはな……」

「セキュリティ的に問題があると？」

「いや、どうせやるなら自分でシステムを作りたいな。大量の顔写真を集めて、その中から一致度の高いものを選別するような……」

「そんなの待ってたら何カ月も掛かるじゃないですか。ああもう、まどろっこしいわあ。ちょっとどいてください」

愛美は伊達のノートパソコンを取り上げると、軽やかにタッチパッドを操り、「ちよいちょいのちょい、と。ほれ、行ってこい」とエンターキーを押した。

「あ、何を勝手なことを」

「伊達さんがグズグズしてるからですよ。はい、もう結果が出ました」

愛美がノートパソコンをテーブルに置く。そこに表示された画像を見て、「え？」と北上は思わず呟いた。伊達の作成した顔写真に極めてよく似た人物の写真が出ていたからだ。スーツを着て、壇上に立っている。

「……おいおい、マジかよ」

伊達はノートパソコンの前に座ると、画像の詳細の確認を始めた。

「どうやらこれは、学会の発表の一場面のようだな。写ってる男性は、長山清仁《ながやまきよひと》っていう研究者だ」

「偶然にしては顔が似すぎてますね」と愛美が画面を覗き込む。「所属は……中央工《ちゅうおうこう》業大学《ぎょう》となってますね」

中央工業大学は足立《あだち》区にある私立大学だ。長山は工学部で助教をしているようだ。

「電話で確認してみるか」

工学部の事務の電話番号を確かめてから、伊達が受話器を取り上げる。電話が繋がり、短いやりとりのあと、伊達は「ご協力ありがとうございました」と通話を終わらせた。

「どうでした？」と愛美が尋ねる。

「長山って研究者は確かにいたそうだ。ただし、今年の七月末で大学を辞めてる」

伊達の言葉を聞いた瞬間、北上はぞくっと背中に寒気を感じた。突如として視界が開けた感覚……探し求めていた情報に近づいているという予感があった。

「長山さんとコンタクトを取ってみましょう」

北上の提案に、伊達と愛美が頷く。二人も何かを感じているのか、表情がグッと引き締まっていた。

4

それから三日後の午前十時過ぎ。伊達は身元不明相談室の小金沢と共に、北千住《きたせんじゅ》駅で電車を降りた。これから、長山がいた大学に向かう。彼の所属していた研究室のメンバーに話を聞くためだ。

改札を出て、並んで歩道を進んでいく。天気は快晴で、晩秋にしてはかなり暖かい。辺りには、上着を脱いで小脇に抱えている人もいる。

「いい天気ですね、とても」

小金沢がビルの窓が跳ね返す光に目を細める。「本当に。このままピクニックにでも行きたい気分ですよ」と伊達は笑いながら言った。

「他のお二人は今日はどうされているんですか」

「東啓大で実験です」

北上と愛美は、白骨化遺体の骨髄から採取したDNAを用いて、長山の母親から提供されたDNAとの比較実験を行っている。すでに昨日の段階で親子関係がほぼ証明されており、今やっているのは確認のための再実験だった。

「失礼な言い方かもしれませんが、とても驚きました」ゆっくり歩きながら小金沢が胸に手を当てた。「まさか、こんなに早く身元を特定できるなんて」

「かなり運に助けられました。彼が人前に立つ機会のある立場だったからよかったものの、そうじゃなければ地道にやるしかなかったでしょうからね。でもまあ、小金沢さんたちの労力を削減できたことは幸いでした」

さっきから、伊達は表情のコントロールに意識を払っていた。「小金沢さんは好みのタイプなんでしょ」と愛美にしつこく言われたせいで、彼女と話していると鼓動が速まって仕方ない。そのドキドキが顔に出ないようにしなければならない。これはもちろんデートなどではなく、捜査の一環なのだ。

長山は独身で一人暮らしだった。大学を辞めると同時に足立区内の自宅アパートを引き払い、それ以降は行方不明になっている。八月に一度、青森の実家に帰省しているが、両親にはアパートを退居したことを伝えていなかった。

飲み屋や喫茶店が軒を連ねる通りを抜けていくと、中央工業大学——通称・中工大の建物が見えてきた。道路を挟んで複数の建物がコンクリートの渡り廊下で繋がっている景色は、大学というより大規模なショッピングモールのようにも見える。きっちりと剪定《せんてい》された植え込みや街路樹が等間隔に並んでおり、洗練された印象を作り出す効果を果たしていた。

車線がくっきりと描かれた片側一車線の通りを進んでいくと、右手に大学の名前が刻まれた建物があった。ここが総合受付のようだ。

自動ドアを抜けて中に入る。クッションが青緑色の長椅子が十五台ほど並んでおり、その向こう側に横長のカウンターがあった。

小金沢がそちらに向かい、受付の人間に来意を伝える。相手がやってくるまで、少しここで待つことになった。伊達は小金沢と並んで長椅子に腰を下ろした。

「すみません、無理を言って同行させてもらって」と伊達は頭を下げた。

「いえ、複数人の方が、情報の聞き漏らしは少なくなりますから」

「今回の訪問は、あくまで行方不明者の情報収集ですよね」

「そうですね。被害者が長山さんだと確定すれば、捜査本部の捜査員が改めて聞き込みに来ると思います」

「なるほど。ちなみに、小金沢さんたちはコンビで活動することはないんですか。刑事は二人組というイメージがありますが」

「そうできればいいんですが、一人だけという場合もあります。行方不明者数に対して職員の数が不足しているんです。誰もが複数の案件を抱えていますから、単独行動も仕方ないという感じですね」

「そうですか。技術的な面からのサポートが必要ですね」

「ええ。ぜひお願いします」と小金沢が微笑んだ。「伊達さんはどうして、長山さんのことを調べようと思われたんですか？　情報収集は科警研の方の業務ではないという認識なのですが……」

「ご存じかどうか分かりませんが、本郷分室は科警研の中でも……というよりも、警察組織の中でも特異な立ち位置でして。割と好き勝手に動く権限が与えられているんです。科学捜査がメインの業務であるのは確かですが、自分で情報を集めることも大事だと思っています」

説明しつつ、どうにも言い訳がましいな、と伊達は感じていた。

小金沢の言う通り、別に伊達たちが情報を集める必然性はない。聞き込みならその道の専門家に任せる方が効率的だし、組織の仕事の割り振り的にもその方が望ましい。それを理解した上でこうして大学に足を運んだのは、北上に「よかったら、情報を集めてもらえませんか」と頼まれたからだった。

「僕たちの作業を待っている間は暇でしょう。せっかくですし、小金沢さんの手伝いをしたらいいんじゃないでしょうか」

そう話している間、北上の視線は泳ぎ気味だった。その不自然な様子を見て、彼の背後に愛美がいることを伊達は見抜いた。愛美は伊達と小金沢の仲を取り持つために、北上を使ってそんな話を持ちかけてきたに違いなかった。

組織のルールを盾に断ることはできただろう。それにもかかわらず、こうして小金沢と共に行動している。なんだかんだ言っても、彼女と話ができることが嬉しいのだ。

やれやれ、情けない……。

小金沢に気づかれないようにため息をついたところで、ブランド物のスーツに身を包んだ男性がロビーに姿を見せた。身長は一八〇センチ近くあるだろうか。彫りが深く、目鼻立ちがくっきりしている。彼の爽やかな風貌から、衣料品店の広告でポーズを決めるモデルを伊達は連想した。

「警察の方でしょうか」

「はい。警視庁・身元不明相談室の小金沢です」

「科学警察研究所・本郷分室の伊達と申します。今日はよろしくお願いいたします」

続けて名乗り、男性と名刺を交換する。下浦瑛士《しもうらえいじ》という彼の名前が、シルバーメタリックの名刺の中央に印字されていた。

　下浦の案内で、近くにあった部屋に向かう。広さは十帖ほど。壁には油彩の抽象画が掛けられており、革張りの白いソファーが二台、向かい合わせに置かれていた。来客用の部屋のようだ。

　ソファーに小金沢と並んで座り、伊達は下浦の表情をさりげなく窺った。表情は神妙だが、過度に緊張したり、こちらを警戒している様子はない。彼にはまだ、長山と思われる遺体が見つかったことは伝えていない。「行方不明者についての情報収集」という名目でアポイントメントを取っている。

　伊達は小金沢に視線を送り、軽く顎を引いてみせた。普段ならこういう場では自分が話すが、今日は同行させてもらっている立場だ。基本的に会話は小金沢に任せ、気になったことだけ尋ねるスタンスで行くつもりだった。

「下浦さんは、長山さんと長い付き合いだったそうですね」

　小金沢がそう切り出すと、下浦は唇を結んで頷いた。

「中工大に入学してからですので、二十年近くになります」

　二人は大学の同級生だった。大学四年から博士課程修了まで、ずっと同じ研究室に所属していた間柄だという。その後、長山は研究室のスタッフとなり、下浦はドイツの大学でポスドクとして働き始めた。ドイツで六年ほどを過ごし、下浦は去年の十一月から出身研究室に戻り、長山の同僚となっていた。

「長山さんとは仲がよかったんでしょうか」

「そうですね。学生時代は毎週のようにお互いのアパートに遊びに行ってました。僕もあいつも格闘ゲーム好きで、徹夜で対戦しまくってましたよ。もちろん、研究の話もしてました。長山とは馬が合うというか、一緒にいても全然疲れないんですよ」と、下浦は懐かしそうに語った。

「ちなみに、下浦さんや長山さんの研究はどういったものなのでしょうか」

「電子回路研究という分野です。現在のシステムの無駄を減らし、効率的な信号の伝達を実現するための基礎研究を行っています。うまくいけばあらゆる電子機器のあり方を変えるような研究ですね」

「なるほど。長山さんの研究は順調でしたか？」

「ええ、まあ。まだマイナーチェンジのレベルで、実用化にも時間がかかりそうでしたが、成果は出てましたよ」

「そんな中で長山さんは大学を辞めています。その経緯はご存じでしょうか」

「実家のある青森に戻って、学習塾を開くと聞いていました。『君と話すと弱音を吐いてしまいそうだから、連絡はしないでくれ。経営が軌道に乗ったらこちらから電話する』と言われていたので、彼が行方不明になっていたことを今回初めて知りました」

「辞めるという話は以前から？」

「……いえ、かなり急だったように思います」と険しい表情で下浦が言う。「六月の終わり頃に研究室の教授に初めて話したみたいですね。他のスタッフや学生には黙っていたらしく、僕が知ったのは彼が辞める一週間前でした」

「親しい間柄にしては、どうも他人行儀ですね。辞めることを上司に話す前に、一言相談があってもよさそうなものですが」と伊達は指摘した。

「長山は、おとなしいというか、内向的な人間でした。自分の考えを積極的に外に発信するタイプではなかったです。ただ、その分思考は深かったです。確信がないと口には出さない、しかし、言ったことは確実に実現する、という感じでしょうか。『何を考えてるのか分からない』と陰口を叩く連中もいましたが、私は長山の慎重さや誠実さを好ましく思っていましたよ」

「しかし、長山さんは地元には戻りませんでした。つまり、周囲に嘘《うそ》をついていたことになります。それについてどう思われますか？」

伊達が一歩踏み込んだ質問をぶつけると、下浦は気まずそうに目を伏せた。

「……申し訳ありませんが、分からないとしか答えられません」

「退職を決意した時期に、彼に何かトラブルはありませんでしたか？」

小金沢が相手に寄り添うように、穏やかな口調で尋ねる。

「特に心当たりはありません。……ただ、何か悩みがあったのは確かだろうと思います。私と話している時に、たまにひどく深刻な顔をしていましたから。その時は訊いても何も話してはくれませんでしたが……」

下浦はそう答えて、ソファーから身を乗り出した。

「長山の足取りはまったく分かっていないんですか？」

「それは……」と小金沢が口ごもる。

「あいつは身の回りのことを整頓してから姿を消したんでしょう。私はとても心配しています。何か、よくないことを考えていたんじゃないかと、そう思わずにはいられないんです」

「それはつまり、自ら命を絶とうとしていたということですか」

小金沢の代わりに、伊達はずばりと聞きにくいことを口にした。

下浦はソファーに座り直し、「……そんな気がします」とかすれた声で答えた。

「いつだったか忘れましたが、長山が酒の席で言っていたんです。最後は綺麗に消えてなくなりたいと……。『自分の肉体を完全にこの世から消し去り、世界を構成する元素に戻る。それが自然の摂理なんだ』……そんな話を聞いた記憶があります。長山が姿を消したと知って、それを思い出しました」

伊達はそのエピソードを聞きながら、じっと下浦を観察していた。こちらと目を合わせずに喋る様子は、心の動きを読まれないように用心しているようにも見えた。何か、隠しておきたい情報があるのだろうか。

ちらりと小金沢を窺う。視線が合うと、彼女は右手で左側の眼鏡のフレームに触れた。それは、事前に決めてあったサインで「最後まで長山の死について伏せておく」という合図だった。

「では、長山さんと親しかった方のことを教えていただけますか——」

小金沢が質問を再開するのを見て、伊達はソファーの背にもたれた。残りの時間は単純な情報収集だ。あとはもう任せてしまっていいだろう。

今の時点で、下浦を疑うのはさすがに早計だ。ただ、殺人者が長山の身近にいた人間である可能性は高い。強盗や通り魔のやる手口とは思えないからだ。人間関係は丁寧に追っていく必要があるだろう。

今回の案件に関しては、そろそろ自分の仕事は終わりかもしれないな、と伊達は感じ始めていた。もちろん、真相はまだ闇の中だ。ただ、ここから先は情報収集が捜査の中心になる。それは明らかに捜査本部の本職の刑事の仕事だ。自分たち分室の人間が出る幕ではない。

愛美や北上は気を遣っているようだが、小金沢の調査に同行するのはこれで最後にしようと伊達は決めた。個人的な感情を仕事に持ち込んでいるようでは、科警研入りなど夢のまた夢だ。

5

十二月三日、月曜日。時刻は午後八時過ぎ。東啓大での作業を終え、北上は分室に戻ってきた。

すでに伊達と愛美は帰宅している。自分の席につき、北上はひとつ息をついた。

白骨化遺体に関する捜査に協力し始めて、ちょうど二週間。遺体が長山であることが確定してから、捜査は一気に加速した。この何日かで、彼に関していろいろと興味深い情報が出てきている。

長山が大学を去る意向を研究室の教授に伝えたのが六月末。そのひと月前に、彼は交際していた女性と破局していた。

長山が付き合っていたのは、溝口玲香《みぞぐちれいか》という二十九歳の女性だった。彼女は長山の同僚で、事務員として研究室で働いている。ブラウンのショートボブに、しっかりと口角の上がった爽やかな笑顔――資料に載っていた写真を見る限りでは、明るくて社交的な印象を受けた。

二人の交際歴は二年近くあり、長山は彼女を実家の両親にも紹介していた。ただし、研究室内では交際の事実は隠していたようで、スタッフも学生も二人の関係を知らなかった。

さらに、溝口についてある事実が判明した。彼女は長山と別れた直後に、彼の友人である下浦と交際を始めていたのだ。

彼女は捜査員に対し、「下浦さんが研究室に来てから、彼に魅力を感じるようになった。それで、自分から長山に別れを切り出した」と話しているという。

結婚を視野に入れて付き合っていた相手が、自分を捨てて親しい友人と付き合い始める――想像するだけで胃の痛くなるようなシチュエーションだ。捜査本部では、これらの事実が長山の失踪の動機だと考えている。

捜査は着実に進んでいる。問題は、それに対して自分がほとんど貢献できていないということだった。

伊達は頭蓋骨から長山の顔を復元し、身元の特定に大きな貢献をした。愛美は水酸化ナトリウムによって断片化したＤＮＡを解析し、遺体が長山であることを確定させた。

二人が役目を果たしている中、北上はひたすら胸骨を砕いた方法についての検討を続けていた。

コンピューター上で物理演算を行い、どういう種類の衝撃が胸骨を破壊したかを特定しようとしているが、今のところ結論には到達していない。作業に慣れ、計算の精度は上がった。骨の壊れ具合から、何度も衝撃を加えたわけではなく、一回で破壊が完了したことも分かってきた。

ただ、その具体的な方法が絞り込めていない。一応、候補はある。例えば、至近距離での小型の爆弾の爆発、先端に金属の棒を付けたバイクでの衝突、二〇メートル以上の高さからの鉄球の落下、などの方法が考えられる。ただしこれらはあくまで一例であり、可能性を広げようと思えばどこまでも広がってしまう。

遺体が骨だけになっていたことが、課題解決を難しくしている。もし肉体が溶けずに残っていれば、皮膚や筋肉の様子からもっと簡単に凶器が特定できただろう。

北上はため息を落とし、天井を見上げた。

自分は土屋に言われたことにこだわりすぎているのだろうか。破壊された胸骨の謎は確かに気になる。しかし、それは事件の全体からすると、いくつもある疑問の一つでしかない。その謎を解くことが事件の真相究明に繋がるという保証はどこにもない。

「……そろそろ潮時かな」

北上がぽつりと呟いた時、土屋の机の電話が鳴り始めた。

椅子から立ち上がり、受話器を取り上げる。

「はい。科学警察研究所・本郷分室です」

「あ、お世話になっています。小金沢です」

「ああ、はい。どうもこんばんは」北上は反射的に伊達の席に目を向けていた。「どうされましたか？」

「先ほど、青梅署の捜査本部で行われた捜査会議に出席してきたのですが、気になる情報が出てきたので、分室の皆さんにお伝えしておこうと思いまして」

「そうですか。丁寧にありがとうございます。他の二人には自分から伝えますので、お願いします」

「分かりました。アパートを引き払ったあと、長山さんは都内のホテルを転々としていたことはすでにご存じですよね」

「ええ。送っていただいた資料に書いてありました」

「それらのホテルで聞き込みを進めたところ、長山さんと男性が一緒にいるところを見たという証言が出てきたんです。八月の終わり頃だそうです」

「それは彼の知人ですか？」

「いえ、防犯カメラの画像を確認する限りでは、長山さんの周囲にいた誰とも違うようです」と小金沢は神妙に言った。「ただ、画像は粗く、そのままでは捜査に使いにくいということですので、そちらに解析をお願いしようかと思っています。青梅署の方から、明日の朝にでも正式な依頼が行くはずです」

「そうですか。では、すぐに取り掛かれるように対応します」

そう伝えて、北上は受話器を置いた。

長山が会っていたという、謎の人物。その正体がはっきりすれば、事件はさらに解決に近づくだろう。

それまでに自分は何をやるべきなのか。北上は再び自分の椅子に座り、今後の捜査協力の方向性について考え始めた。

それから四日後。北上は愛美と共に、レンタカーで奥多摩の山道を走っていた。

時刻は午前十時半。前後に他の車はなく、対向車とすれ違うこともほとんどない。山肌を撫でるように造られた道路は急カーブの連続で、運転していても遠心力で気分が悪くなりそうなほどだった。

ピークは過ぎていたが、谷川を挟んだ向かいの山の斜面には、まだ赤や黄色がしっかり残っている。プライベートで来ていたら、路肩に車を停めて写真を撮りたくなるような景色だった。

「北上くん、運転上手だね」と、助手席から愛美が話し掛けてきた。

「そう？　あまり言われたことはないけど、ありがとう」

「北海道でも車に乗ってた？」

「ああ、うん。日常の足として使ってたよ」

「向こうは広いから、すごくスピードを出すんじゃない？」

「遠出して郊外を走る時はそれなりに飛ばすけど、札幌市内を走る時はこっちと変わらないよ。公務員だし、安全運転を心掛けてる」

「いいなあ。私も免許を取ればよかったかな」と、愛美がぽつりと言う。

「取ろうとは思わなかった？」

「ずっと交通の便のいいところに住んでたからね」

そこで北上はちらりと隣を見た。愛美はぼんやりとフロントガラスを眺めている。

「僕が行かなかったら、一人で現場に行ってた？」

「うーん。それはさすがにないかな。北上くんが行くって言い出したから、『せっかくだし私も』って感じで便乗しただけ」と愛美は答えた。

捜査への貢献ができていない現状を打破するために、北上は長山の遺体が見つかった現場を見に行くことを決めた。手掛かりが得られる確証があるわけではない。ただ、自分の目で見ることで初めて気づくこともあるだろう、という期待感は持っている。

実は、途中までは伊達も一緒だった。ただ、彼は青梅署の捜査本部に用があるため、すでに車を降りている。画像解析についての報告をするようだ。

伊達は長山の身元特定に続き、またしても成果を挙げていた。長山が宿泊していたホテルの監視カメラに映っていた男の画像は、画質の悪い、斜め上からのアングルのものしかなかった。伊達はそれに鮮明化処理を施し、さらには機械学習を用いた予測法で正面からの顔を作成した。

　その顔写真を使って警視庁のデータベースを検索したところ、平岩文紀という男がヒットした。平岩は五年前に逮捕歴があり、それでデータベースに登録されていたのだ。罪状は住居侵入罪と窃盗——要するに空き巣だ。平岩は服役を終えたあとは青森に戻っていた。

　平岩は長山の中学時代の同級生だった。地元で当時のことを聞いたところ、二人は互いの自宅を訪れ、頻繁にゲームをする仲だったという。二人の関係がその後どうなったかはまだ分かっていない。ただ、「今年の八月に、長山くんが久しぶりに息子に会いに来た」と平岩の母親が証言している。長山は帰省中に平岩と会っていたのだ。

「あ、あそこ」

　愛美が前方を指差した。急カーブの手前に花束が置いてあるのが見える。

　手前で路肩に車を停め、愛美と一緒に歩いてそちらに近づく。

　ピンクの包装紙に包まれた花束は、風で飛ばないようにガードレールの支柱に紐でくくられていた。置かれてからかなり日数が経っているらしく、菊やダリアはすっかり枯れてしまっている。

「事故の痕跡はもう残ってないね」

愛美が辺りを見回しながら言う。

このカーブで死亡事故が起きたのは、九月十三日の夕方のことだ。平岩の運転するレンタカーと、砕石場に向かっていたダンプカーが正面衝突したのだ。平岩の車は大破炎上し、焼け焦げた車内から彼の遺体が発見された。平岩の車がカーブを曲がりきれずに対向車線に飛び出したことが事故の原因だった。

長山の遺体が放置されていた製材工場跡は、この事故現場から車で三十分ほどのところにある。長山と会っていた人間が、その遺体遺棄現場から遠くない場所で事故死した——。この事実から、捜査本部は平岩が事件に関与していたのではないかと見ている。

「……事故があったのは、長山さんをドラム缶に入れた帰りだったのかな」

愛美が花束を見下ろしながら言う。

「かもしれないね」と北上は頷いた。「用もなく何度も足を運ぶ場所とは思えない」

「……人を殺した動揺で、ハンドル操作を誤ったのかも」

愛美はそう呟き、その場にしゃがんで手を合わせた。

三十分後。北上たちは製材工場跡に到着した。

手前側に材木置き場が、その奥に作業場がある。五年ほど前までは、近くの山から切り出してきた木を加工し、ここで木材を作っていたそうだ。

材木置き場の広さは二五メートルプールほどで、雑草が伸びて荒れ果てている。奥の作業場もほぼ同じ広さだ。四本の柱が錆《さび》の浮いたトタン屋根を支えており、裏側にのみ木製の壁がある。作業場の中は空っぽだ。使っていた機械などはどこかに移動させたのだろう。

作業場の脇を通り、敷地の奥へと進んでいく。間近に迫る山の斜面の手前に、問題の草むらがあった。草は大人の腰の高さまで伸びている。もう何年も刈られていないらしい。

その草むらの中に、獣道のように草が倒れている部分がある。遺体の入ったドラム缶を運び出した跡だ。

そこから草の中へと入ってみるが、丸く草が倒れている場所があるだけだった。

「もう何も残ってないね」北上はズボンについた雑草の実を払い、辺りを見回した。

「じゃあ、ここからは専門家に任せようか」

オッケー、と頷き、愛美が持参したクーラーボックスから霧吹きを取り出した。そこには血液に反応して紫色に変わる水溶液が入っている。

事件について考える中で、北上はある疑問にぶつかった。それは、どこで殺人が行われたのか、というものだった。ドラム缶に入れられた時、長山にすでに息はなく、胸骨も砕けていたと推測される。狭いドラム缶の中では充分な衝撃を与えられないからだ。

犯人が別の場所でドラム缶に遺体を入れ、ここに持ってきたという可能性もある。しかし、もしこの付近で殺人やその後の処理が行われていたとしたら、どこかに血痕が残っていてもおかしくはない。

ちなみに、鑑識による現場検証では血痕は出なかった。原因としては、遺体遺棄から発見までの間に雨で血が流れ、地面に染み込んでしまったためと考えられる。もちろん、犯人が犯行の痕跡を消した可能性もある。

今回、愛美の発案で、より高感度に血液と反応する化学薬品を持ってきた。愛美が京都大学の研究者と共に開発中の試作品だ。以前、連続辻斬り事件でも使ったものを改良し、血液成分との反応で青紫色に変化するようになっている。

捜査本部にはすでに話は通してある。「じゃあ、やっていくね」と、愛美は張り切った様子で作業服の上着を羽織った。

「頼んだよ。こっちは適当に見て回ってるから」

北上は愛美と別れ、作業場の裏手にあるプレハブ小屋に向かった。ドアの鍵は開いている。もともと壊れていたそうだ。

中に入ると、コンクリートの床に積もった砂埃の上にいくつか靴跡が残っていた。鑑識の係員が立ち入った際のものだろう。

小屋は六畳間を二つ繋げたほどの広さで、のこぎりや鉄パイプ、角材などが無造作に放置されている。辺りを見回すが、骨を砕けそうな道具はない。

ざっと調べ終えてプレハブ小屋を出たところで、「おーい」と愛美の声が聞こえた。彼女は作業場の裏手の日陰の中で手を上げていた。

「反応が出た？」

「うん。ほら、ここ」愛美が地面を指差す。剥《む》き出しの土の一部がうっすらと青紫に変わっている。「ただ、血の量は少ないね。やっぱり雨で流れたのかな」

「……いや、ちょっと変じゃない？」と北上は指摘した。地面の雑草の生え方に偏りがあり、伸びている場所と伸びていない場所がはっきりと分かれている。

「土をかぶせて血痕を消したのかも」

「調べてみようか。道具を持ってくる」

北上は車からスコップを取ってくると、血液反応が見られた周囲の土を採取し、そこに霧吹きで薬品を吹き掛けた。すると、より濃く色が変わった部分があった。

「おー、北上くんの読み通りだね。ってことは、ここが殺害現場なのかな」

「断定はできないけど、出血があった可能性は高いね」

立ち上がり、辺りを見回す。と、そこで北上は不自然なものに気づいた。敷地を囲う林の中に、一本だけ折れた木があった。

そちらに近づき、確認してみる。木の太さは、直径五センチほど。地上から七〇センチ程度のところで完全に折れ、木の上の部分が地面に横倒しになっていた。その断面は焼け焦げ、一部が黒くなっている。

「なにこれ、雷が落ちて折れたのかな」

「……いや、待って。何かあるよ」

北上は折れた木の断面に顔を近づけた。そこには、切った爪の先ほどの金属片が突き刺さっていた。

続いて、地面に落ちている方の木も確認する。こちらの方が長い。もともとは二メートルほどの高さがあったようだ。切断面はやはり黒く焦げている。それに加えて、黒いスプレーを吹き掛けたように、ぽつぽつと小さな焦げが幹にも散っている。

「なんだろ、これ」と愛美が不思議そうに言う。

「分からないけど、調べてみよう」

全体を持ち帰るのは難しいが、とりあえず切断面だけでも分析してみるべきだろう。北上はのこぎりを取りにプレハブ小屋へと駆け出した。

6

十二月十日、月曜日。伊達が午前八時半に本郷分室に到着した時、そこにはすでに北上と愛美の姿があった。

「おはよう。早いな、二人とも」

「おはようございます。私もさっき来たところです。北上くんは朝から実験してたみたいですよ」

「いや、東啓大の方に置きっぱなしにしてたノートパソコンを取ってきただけだよ」と北上は苦笑する。しかし、その表情には数日前にはなかった充実感があった。実験に手応えを感じているのだろう。

「じゃあ、検討を始めるか」

新しく買ったホワイトボードを近くに移動させてから、三人で揃ってテーブルにつく。「まずは俺から話そう」と伊達は切り出した。「といっても、大きな進捗はない。捜査本部で新たに分かったことを踏まえて、俺の考えを伝えるだけだ」

伊達は資料を見ながら話を始めた。

現在、捜査本部では事故死した平岩を犯人候補として有力視している。その根拠としては、彼がドラム缶や水酸化ナトリウムを購入していた事実が挙げられる。平岩は八月下旬に青森から東京にやってきており、その直後からこれらを買い集めていた。また、同時期に数回レンタカーを借りており、ナンバープレートから割り出した走行記録から、奥多摩方面に足を運んでいたことが分かっている。購入したものを、例の製材工場跡に運んでいたのだろう。

「平岩は金に困っていて、消費者金融でかなりの額を借りていた。そのことは地元でも知れ渡っていたようだ。知人に手当たり次第に金を借りに行っては断られていた」

「今年の八月に、長山さんと平岩は二人で会ってたんでしょう。長山さんにも借金を頼んだんじゃないですかね」と愛美が言う。

「ああ。捜査本部でもそう考えている。長山さんは実家に一時帰省した際に、メインバンクの青森支店で預金の大半――千八百万近い額を引き出している。それを平岩に貸したんだろう。そして、借金を踏み倒すために、平岩は長山さんを亡き者にした」

「なるほど。貸した額が大きいのは気になりますけど、筋は通りますね。……でも、なんでわざわざ東京で長山さんを殺害したんでしょうね」

「長山さんが帰省を終えて東京に戻ったから、追い掛けてきたんだろう」

「うーん。じゃあ、別の質問。死体を溶かそうとしたこと自体、不自然じゃないですか？　必要なものを買い込んで奥多摩まで運ぶのって、ものすごい手間ですよね。単に死体を隠したいだけなら、どこかの山中に埋めてもいいわけですし。なぜそんなことをしたのか、って疑問に答えが出てないんですよね」

　愛美は立ち上がり、ホワイトボードに赤のマーカーで〈平岩は、どうして死体を溶かしたのか？〉と書いた。

「その点については、捜査本部では問題視してないな。『遺体の特定を難しくするために溶かした』以外の答えはないだろ。実際、画像解析がたまたま成功しなかったら、今でもまだ誰だか分からなかったかもしれないぞ」

「奥多摩を遺棄現場に選んだのは？」

　愛美は疑問を口にして、それをまたホワイトボードに書く。

「空から見てよさそうだと目星をつけたんじゃないか。グーグルマップの衛星写真モードで見れば、人里離れた『ちょうどいい場所』を探しやすいだろ」

「うーん。一応、説明はつくか……。微妙にすっきりしませんけど、これで解決ってことでいいんですかね……」

　伊達と愛美がホワイトボードを見つめていると、「あの、意見を聞きたいんですけど」と黙っていた北上が口を開いた。

「おう、なんだ」

「アルミニウムは誰が持ち込んだんでしょう」

「アルミ？　ああ、木に刺さっていた金属片の出処《でどころ》か」

「はい。あれはほぼ純度一〇〇％のアルミニウムでした。自然に木に刺さるようなものではありませんし、土地の管理者も知らないと証言しています」

伊達は捜査資料を確認し、「事故を起こした平岩の車にはそれらしきものはなかったけどな」と首をひねった。

「答えは分からない、と。一応、謎として追加しておこうか」

ホワイトボードに〈アルミはどこから来たのか？〉と書き、愛美が土屋の席に目を向ける。今日もそこは空席のままだった。

「室長はなんて言うでしょうね」

「さあな。だが、とりあえずは現状を報告する頃合いだろうとは思う」

伊達がそう言った時、ふいにドアが開き、スーツ姿の土屋が部屋に入ってきた。彼がそういうきっちりした格好をしているのを見るのは初めてだった。ただ、ネクタイは巻いておらず、上着にもスラックスにも多くのしわが寄っていた。

「よう、三人とも揃ってたか」

土屋はスーツケースを引きながら伊達たちのところに歩み寄ってきた。

「どこかに旅行に行かれていたんですか」

北上が尋ねると、「学会の帰りだよ」と土屋は答えた。「大学に行く前に、君らに土産を渡しておこうと思ってさ」

土屋はスーツケースを開けると、浜辺の写真がプリントされた平たい箱を取り出した。表面には虹色の筆記体で、〈Ｈａｗａｉｉ〉と書かれている。

「え、学会ってもしかして……ハワイですか？」

愛美が目を丸くする。土屋は「そうだよ」と軽く頷いた。言われてみれば、肌が日に焼けている。リゾート地をバッチリ満喫してきたらしい。

「中身はチョコレートだ。ド定番で申し訳ないが、クオリティはなかなかのものらしい。嫌いじゃなければ食べてくれ。じゃ、俺はこれで」

「これで、じゃないですって」背中を向けた土屋に愛美がすかさず声を掛ける。「事件の捜査が大詰めなんです。ちょうど検討中なんで一緒にお願いします」

「ん、事件というと……」

「奥多摩で見つかった白骨化遺体の件です。といっても、その話をしたのはもうひと月近く前ですので、改めて説明します。お願いしますね、伊達さん」

そう言って愛美が伊達の背中を叩く。土屋は「じゃあ、聞こうか」と自分の椅子を持ってきて座った。

土屋にその気があるなら、きっちり役目を果たすだけだ。伊達は立ち上がり、順を追ってこれまでの経緯を説明した。

「……という状況です。今は、分室としての捜査協力をいつまで続けるか検討していました」

「ふうん、そうか。ちなみに、胸骨が折れてた理由は分かったのか？」

土屋の問いに、「いえ」と北上が首を振る。「かなりの衝撃であることは間違いないのですが、特定には至っていません。現場で見つけたアルミ片が関係している気はするのですが……」

「アルミ、か。亡くなった男性は、工学系研究者だったんだよな」土屋は席を立つと、事務室内をぐるりと三周してからホワイトボードの前に戻ってきた。「こういうのを、セレンディピティと言うのかもしれないな」

「……はい？」と愛美が眉根を寄せる。

「その言葉を知らないか？　平たく言えば、思いがけないものを偶然発見する能力のことだ。アレクサンダー・フレミングが培養実験中に失敗して青カビを生やしてしまったことが、ペニシリンの発見に繋がったエピソードが有名なんだが」

「いえ、知ってます」と愛美が冷静に言う。「どうしてその単語が出てきたのか教えていただけませんか」

「ああ、うん。向こうに滞在している時に、たまたまテレビで見たんだ。未来の新兵器特集、みたいなドキュメンタリーだったな」

土屋は腕組みをしながら頷いている。

「あの、室長。全然分からないです」と愛美が早口で言う。苛つきだしているようだ。

「口で言うより動画で見た方が早いと思う。ちょっと待ってくれよ」

土屋がノートパソコンを取りに行こうとする。「これを使ってください」と北上が自分の端末を差し出した。

「お、悪いな」

土屋はYouTubeにアクセスすると、英語で検索ワードを入力した。すると即座に、複数の動画のサムネイルが画面に現れた。

その瞬間、「あっ！」と北上が声を上げた。「そっか、それか……」

「おい、どうした？」と伊達は声を掛けたが、北上は画面を凝視したまま「だとしたら……」と呟いている。

「ドラム缶に残っていた水酸化ナトリウム水溶液を分析してみるといい。もしアルミニウム濃度が高ければ、ほぼ確定と言っていいだろうな」

土屋のアドバイスに大きく頷くと、「試料はあります。今から実験します」と言って北上が部屋を飛び出していった。

「……なんなんやろ」と愛美が怪訝な顔で囁く。

「北上は、このサムネイルを見ただけで気づいたんだな」と言い、土屋は動画の一つをクリックした。

画面に、迷彩服を着た外国人男性が現れる。立っているのは、赤茶けた地面が広がる場所だ。

彼が笑顔で右側を指差す。カメラが動き、奇妙な装置を映し出した。金属製の台の上に、鉄骨に似た形の細長い箱が載っている。色は黒、長さは一メートル半ほどで、ところどころからコードが延びている。

「これ……何の装置ですか」

愛美が画面を見つめながら尋ねる。

「軍事兵器の一種だ。作ったのは軍人じゃなくて素人のようだが」

土屋がそう説明する間も、動画は流れ続けている。謎の装置から一〇メートルほど離れたところに木の台があり、その上にスイカが載っていた。

外国人男性が準備を整え、手にしたリモコンのスイッチを押す。

カメラが切り替わり、スイカを映し出す。

次の瞬間、鋭い炸裂《さくれつ》音が響き、スイカが木っ端《こ ぱ》微塵《みじん》に爆《は》ぜた。

「……えぐっ」と愛美が呟く。

「これが……凶器なんですか？」

伊達が尋ねると、土屋は「今はまだ可能性の一つだ」と答えた。「真相を解析するには、証拠を集めなければならない。これを作る材料を買った形跡があるかどうか。試し打ちの痕跡は他にもないか。部品が現場付近に廃棄されていないか。そういったことを調べていく必要がある。ま、どこまで関わるかは君らの判断に任せるよ」

土屋はそう言うと、スーツケースを引いて分室を出て行った。

閉まったドアを見つめ、「どうします？」と愛美が訊いてくる。

「たぶん、仮説は正しいんだろう」と伊達は言った。

動画のタイトルを見た瞬間、北上は大きく目を見開いた。ずっと探していた宝物を見つけた——そんな表情に伊達には見えた。

「北上が出すデータを見て、それでほぼ確定となったら捜査本部に話をしよう。ってことで、とりあえずはあいつの手伝いだな」

「オッケーです。じゃ、行きましょうか」

「ああ」

軽く頷くと、伊達は土産のチョコレートを一粒口に放り込んでから分室をあとにした。

7

「……もうすぐ来客があるんだ。出て行ってくれないか」

下浦瑛士はため息をつき、心を鬼にしてきっぱりとそう言った。

「もう一度、考えてもらえない？」

溝口玲香は潤んだ目でこちらを見ている。明るい笑顔が持ち味の彼女にそんな表情をさせてしまうことは申し訳なかったが、自分に嘘をつくことはできない。

「充分すぎるほど考えて出した結論だ。これ以上、君と交際を続けることはできない。その答えは変わらないよ」

「どうして？　悪いところがあるなら変われるように努力するから！」

「そういう次元の話じゃないんだ。君に落ち度はない。僕の心の問題なんだ」

下浦がそう答えた時、机の上の電話が鳴り始めた。受話器を取り上げる。電話は事務からで、面会の予定を入れていた相手が到着したという連絡だった。

「すまない。警察の人が来た」

あえて冷たく言い放ち、下浦は玲香をその場に残したまま教員室をあとにした。

胸が痛む。鏡を見なくても、自分がひどい顔をしているのが分かる。少しだけ時間が必要だ。下浦はエレベーターではなく、あえて階段を使うことにした。

六階から二階に降り、自動ドアを抜けていったん外に出る。工学部棟から総合受付のある事務棟へ、渡り廊下を通って行く。渡り廊下に屋根はあるが、左右の壁はない。ほてった頬に当たる夕方の風は思いのほか冷たい。そうか、もう十二月も半ばを過ぎたのか、と下浦は気づいた。

長山が白骨化遺体として発見されたと知ってから、二週間になる。

正直なところ、驚きは長山が行方不明だと聞かされた瞬間がピークだったかもしれない。その時点で下浦は彼の死を覚悟していた。長山は無口で無愛想だが、気配りのできる人間だ。何も言わずに姿を消すとは思えなかった。

下浦は捜査関係者から話を聞いて初めて、彼がかつて玲香と交際していた事実を知った。しかも、下浦が彼女と付き合い始めた頃、まだ二人は別れ話をしている最中だったという。意図的なものではないが、形の上では友人から恋人を奪ったことになる。

気にしなければいいと割り切れる人間もいるだろう。しかし、それは無理だった。自分のせいで長山を傷つけてしまった。そのことが退職に繋がり、最終的には彼を死に至らしめたのかもしれない。そう思うと、玲香の前で笑うことができなくなった。

そんな状態で彼女と付き合い続けられるはずもなく、下浦はつい三日前に別れを切り出していた。玲香はまだ納得できていないようだが、根気強く説得していこうと下浦は決めていた。このまま関係を続けても、互いに辛くなるだけだ。

そんなことを考えながら歩いているうちに、総合受付に到着していた。

下浦に気づき、伊達が会釈をする。会うのはこれが二度目だが、今日も彼は細身のスーツを完璧に着こなしていた。

「ああ、どうも」

彼との面会を望んだのは下浦自身だった。長山の事件の情報がまったく入ってこないので、下浦は痺《しび》れを切らして捜査本部に電話をした。ところが、返ってきたのは「事件の関係者にはお話しすることはありません」という冷たい言葉だった。そこで下浦は、手元に小金沢と伊達の名刺があることに思い至った。

二人にメールで連絡をしたところ、伊達の方から、「確認したいこともあるので、お伺いします」との回答があり、こうして会うことになったのだった。

伊達と共に、前回使った応接室へと向かう。ついさっきの玲香との話し合いの影響で、まだ鼓動が落ち着いていない。動揺を顔に出さないように意識しつつ、「すみません、わざわざ来ていただいて」と下浦は言った。

「いえ、お気になさらず。下浦さんに聞きたいことがありましたので」

「私に分かることなら、何でもお答えします」

「では、遠慮なく伺います。長山さんは、工作が得意でしたか？」

「ええ。機械いじりが好きで、実験装置の不具合なんかも彼一人で直したりしていましたが……」

質問の意図を理解できないまま、下浦はありのままを答えた。

「そうですか。ありがとうございます。念のために、それを確かめたかったんです」

「……あいつが工作好きだったことが、事件に関係するんですか？」

「協力者が何人いたのか、というのは重要な問題ですから」伊達はそう言って、膝の上で手を組み合わせた。「下浦さん、捜査本部の方に問い合わせされたそうですね」

「そうです。事件の情報が全然入ってこないので」

「それが普通の対応ですよ。親しい友人といえども、簡単に情報を明かすことはできません」

「……分かります。ただ、どうしても気になるんです」下浦はテーブルに視線を落とした。「自分と長山と玲香の間に起きたことはご存じでしょう。もし本当に長山が自殺なら、私にも責任はあります。……あいつが死んだと分かってから、ずっと息苦しい日が続いています。知りたいんですよ、長山の死の真相を」

下浦は恥を承知で正直な思いをぶつけた。

伊達は少しの間黙り込んでいたが、やがて小さくため息をつくと、「以前、長山さんの死生観について話をされていましたね」と切り出した。

「自分の肉体を完全にこの世から消し去り、世界を構成する元素に戻る。それが自然の摂理なんだ――というやつですか」

「はい。その考え方が、今回の事件の鍵を握っていたのではと我々は考えています」

伊達はそう言って、わずかに前傾姿勢になった。「彼はおそらく、自殺したんです」

「そんな馬鹿な！」と下浦は声を上げた。「長山の遺体はドラム缶に入れられていたんでしょう」

「ええ、そうです。ただ、その状況を説明する仮説はあります。レールガン、という兵器をご存じでしょうか」

「……名前は聞いたことがあります」

レールガンは、火薬ではなく、電磁誘導によって弾丸を撃ち出す装置だ。電位差のある二本のレールの間に金属の弾丸を挟み、電流を流すことで加速力を発生させるという仕組みだったはずだ。

電磁誘導は、磁場内の物体に電流を流した際に力が発生する現象だ。ローレンツ力とも呼ばれ、その力の向きを理解する方法として、「フレミングの左手の法則」が知られている。「中指・人差し指・親指をそれぞれが直交する向きに立てた時、中指が電流の向き、人差し指が磁界の向きであるならば、親指方向に力が掛かる」という法則だ。

「長山さんはおそらく、一人でレールガンを作ったのだと思います。これまでの捜査で、長山さんが退職後にインターネットで様々な電子部品を購入したことが分かっています。宿泊していたホテルに、頻繁に荷物が届いていたんです」

「自作したレールガンで自分を撃ったということですか」

「地面に置いた台にレールガンの砲身を固定し、遠隔操作で自分の胸に向けて弾丸を発射したんでしょう。弾として使われたのは、純粋なアルミニウムの塊だと考えています。シミュレーションによると、弾は若葉マークのような形状で、重さは八グラム、射出時の初速は四〇〇メートル毎秒と推測されます。それだけの衝撃があったから、胸骨が激しく砕けたんですよ。この推測の裏付けは、ドラム缶の中の水酸化ナトリウム水溶液から検出されたアルミニウムです。胸に食い込んだ弾が溶けたものだと思われます。また、遺体発見現場周辺には、折れた木がありました。断面は焦げ、アルミニウムの破片が食い込んでいました。その木に向かってレールガンを試射したのでしょう」

「……しかし、自殺ではなく殺人の可能性もあるのでは？　遺体を溶かそうとした人間がいるんでしょう」

「一人、協力者がいたのは確かです。遺体発見現場から五キロほど離れた斜面で、金属板やコード類が発見されていますが、それらからは長山さんとその男の指紋が検出されています。また、長山さんがレンタカーを借りたり、タクシーを使った形跡はありません。現場への送り迎えを協力者に頼んでいたのでしょう。遺体の処理も、長山さんからその男への依頼だったのだと思います」

「依頼……」

「遺体を土に埋めずに溶かそうとしたのは、骨を取り出しやすくするためだったのではないかと思います。『肉体を完全にこの世から消し去り、世界を構成する元素に戻る』という長山さんのポリシーから推測するに、おそらくは散骨するように頼んでいたのではないでしょうか」

下浦は首を振った。

「……にわかには信じがたい話です」

「実は、ドラム缶の中から、四ケタの数字が刻まれたプラスチック片が見つかっているんです。亡くなる前に長山さんが飲み込んだものでしょう。まだ捜査中ですが、トランクルームの類いの暗証番号だと思われます。骨を回収するために現場に戻ることで、協力者は追加の報酬を手に入れられる……そんな契約をしていたのでしょう」

「……なぜ、そんな面倒なことを」と下浦は呟いた。「あいつが、一瞬で苦しまずに死ぬ方法を選ぼうとしたのは分かる気がします。銃が手に入らないので、仕方なくレールガンを使ったのも理解はできます。しかし、協力者まで準備するなら、その男に殺してもらえばいいじゃないですか。睡眠薬を飲んでおけば、眠ったまま死ねるでしょう」

「ここからはほとんど空想になりますが、協力者の男に人殺しをさせたくなかったのかもしれませんね。殺人に比べて自殺の幇助《ほうじょ》が楽だとは思いませんが、心理的な負担は軽くなるでしょうから」

下浦は黙り込んだ。自分の死に方を吟味し、それを実行する――慎重ではあるが意志の強い長山なら、そんな行動に出ても不思議ではない気がした。

「ここで話した内容は他言無用でお願いします。捜査員がまた話を聞きに来ることもあるかと思いますが、引き続きご協力のほどよろしくお願いいたします」

伊達がそう言って席を立つ。玄関先で見送るべきだと思ったが、立ち上がる気力が湧いてこない。下浦は「……ありがとうございました」と呟き、部屋を出て行く伊達を座ったまま見送った。

一人になり、下浦は大きなため息をついた。

長山は自分自身をこの世から消そうとしていた。その事実が意味するところに、下浦はすでに気づいていた。

おそらく、長山は玲香から別れを告げられた時に、自殺することを決めたのだ。友人に恋人を奪われたという事実を抱えたまま生きることはできない――それが彼の決断だったのだろう。

そこから、長山は下浦のことを考えたのではないかと思う。

実家に戻ると嘘をついて大学を辞めたこと。生活が安定してこちらから電話するまでは連絡しないでほしいと言ったこと。それらはすべて、下浦に嫌な思いをさせないためだったのではないか。そんな気がしてならなかった。

下浦はゆっくりと立ち上がると、応接室の内線電話の受話器を取り上げた。

自分の研究室に電話をかけ、玲香に繋いでもらう。

「何、どうしたの？　警察の人に何か言われたの？」

矢継ぎ早に尋ねる玲香の声はどこか弾《はず》んで聞こえた。こちらが考えを改めたのではないかと期待しているのだろう。

「一つ、教えてほしい。君と別れる時に、長山は二人の関係を他言しないように求めたんじゃないのか」

「……ええ、そうだけど……」

困惑気味に玲香が答える。

「理由は言っていたか」

「私にとってプラスにならないから、黙っておいた方がいいって……」

「それなのに君は、警察にその話をした」

「だって、何度も何度もしつこく聞いてくるから……。それに、私は彼のご両親とも会ってたし、隠したってどうせ分かることだと思ったの」

　下浦は唇を噛んだ。彼女を責めても仕方がない。警察の捜査力をもってすれば、いずれ明らかになっていたことだ。白骨化遺体が長山だと判明した時点で、こういう結末を迎えることは決まっていたのだろう。

「……そうか。分かった」

「ねえ、ちょっと待って――」

　玲香が何か言おうとしていたが、下浦は黙って受話器を置いた。

　心の中にあるのは、どうしてこうなってしまったのか、という後悔だけだった。

　なぜ、長山と玲香が付き合っていたことに気づけなかったのか。長山と、なんでも話し合えるような関係をなぜ築くことができなかったのか。長山が大学を辞めようとするのをなぜ引き止めなかったのか。

　そんな風に、次から次へと疑問が押し寄せてくる。下浦はその果てしない後悔の奔流に身を任せながら、ただ呆然《ぼうぜん》と壁の絵を眺めた。

8

下浦との面会を終え、伊達は北千住駅の近くにある居酒屋へと向かった。全席個室で、あんこう鍋が看板メニューだという。

時刻は午後六時半。仕事や学校からの帰宅者で、駅に近づくほど人が増えてくる。その中を苦労しながら進み、予約をしてあった店へとたどり着いた。

店に入ろうとしたところで、「お疲れさまです」と声を掛けられた。振り返ると、そこに愛美と北上の姿があった。

「ちょうどいいタイミングだったな」

「そうですね」と愛美が頷く。「私たちが先に来て待ってる形になるかなと思いましたけど」

「早く終わったんですね」

北上に訊かれ、「ああ」と伊達は頷いた。「あくまでレールガンの件を確認したかっただけだからな。一人で作る技術はありそうだ。他には協力者はいなかったと判断していいだろう」

「じゃ、これで無事に解決ですかね。行きましょう」

三人で店に入り、靴を脱いで廊下を進む。案内されたのは、四畳ほどの個室だった。中央に座卓があり、その上にカセットガス式のコンロが載っている。

「なんだよ、思ってたより狭いな」

「三人ですから大丈夫でしょ。伊達さん、上座を譲りますよ。どうぞ」

愛美に促され、伊達は部屋の奥側に腰を落ち着けた。右斜め前が北上、入口に近い真向かいの席が愛美になった。

今日は一応、事件の打ち上げということになっている。まだ報告書は提出していないが、分室としてやるべき仕事はほぼ終わった。死体遺棄容疑で平岩を送検、被疑者死亡により不起訴処分――という形で幕引きが行われるだろう。

とりあえず全員が生ビールを注文し、それで乾杯をした。飲み放題付きのコースだが、肝臓の頑丈さを誇るような無茶な飲み方をする気はない。北上という最強の男がいるからだ。彼は「酔う」という概念が分からないと真顔で言うくらい、アルコールに強い。実際、彼を酔い潰そうと勝負を挑み、伊達はあっけなく惨敗していた。

「伊達さん。すみませんでした」

飲み会が始まってしばらくしてから、急に愛美が謝罪してきた。

「なんだよいきなり。何について謝ってるんだよ」

「いえ、この場に小金沢さんを呼ぶのを忘れていました」

「……またそれか」と伊達は露骨にため息をついてみせた。「いい加減にしてくれよ」

「でも、会ういい口実になるかなって」

伊達はグラスを置き、じろりと愛美を睨んだ。

「知らずに言ってるのか？　それとも知っててあえて焚《た》きつけようとしてるのか？」

「何がですか？」

「小金沢さんは既婚者だよ」

「え？」と北上が食べようとしていた唐揚げを皿に落とした。「でも、指輪はしてなかったような」

「別に結婚してるからって、必ず指輪をしなきゃいけないわけじゃないだろ」

「なるほど……彼女が人妻だっていつ分かったんですか？」

「……まあ、割と前だよ。分室に初めて来た日の翌日くらいかな」

「ん？」と愛美が眉間にしわを寄せる。「つまり、彼女と中工大を訪れた時は、もうそのことを知ってたんですよね」

「そうなるかな」と答えて、伊達は白身魚の刺身を食べた。

「それってつまり、不倫の可能性を視野に入れてたってことですか」

「なんでそうなるんだよ」と伊達は即座に言い返した。「捜査の一環として同行しただけだろうが」

「本当にそうなんですか？　下心は一切なかったですか？　『もしかしたらワンチャンあるんじゃね？』とか思ってませんでしたか？」

「芸能レポーターみたいなこと訊くなよ、鬱陶《うっとう》しいな。ないって言ってるだろ」

伊達はビシッと言い切り、グラスのビールを飲み干した。小金沢と二度目に会った時も胸のときめきを感じたことは黙っておいた。

「まあ、いずれにしても既婚者だと確認したのは正解でしたね」と北上が神妙に言う。

「人間関係がこじれると、今回みたいな悲劇が起こりかねませんし」

「まあ、確かに……。職場恋愛って難しいね」と愛美が頷く。

「ここそこやるからトラブルが起こるんだよ。もっとオープンにすればいいだろ。きっちり仕事をこなしさえすれば、誰と付き合おうが問題ないはずだ」

「理屈ではそうですけど、いろいろあるんですよ、伊達さん。あ、でも安心してください。もし私が二人のどちらかと付き合うことになったら、ちゃんともう一人にも伝えますから」

「ないない、ない」と伊達は笑いながら手を振った。「その栄光は北上に譲るわ」

「いや、うーん、僕ではいささか力不足かと……」

北上が目を逸らすのを見て、「ちょっとぉ、私を押し付け合わないでくださいよ！」と愛美が持っていたグラスをドンとテーブルに置いた。

「いや、嫌がってるんじゃなくて、自信がないだけだ」と伊達は弁明した。「あ、ほら、もう一人彼氏候補がいるじゃないか。安岡のことは室長に任せることにするよ」

「嫌ですよ、あんな人。研究バカじゃないですか」と愛美が冷たく言い放つ。

「辛辣《しんらつ》だな」さすがに苦笑するしかなかった。「上司だぞ」

「仕事の能力はちゃんと評価してますよ。異性として魅力的じゃないってだけで。っていうか、土屋さんって恋愛に興味あるんですかね」

「なくはないだろ、たぶん」

「じゃあ、もし可愛《かわい》い研修生が来たら分室に頻繁に足を運ぶようになりますかね」

愛美が笑いながら不健全な方法を口にする。

「いや、効果は期待できない」と伊達は言った。「もう安岡がいるじゃないか。なのに、室長は全然こっちに来てない」

「……えっ」

その瞬間、愛美の笑顔がこわばった。たちまち、耳がかーっと赤くなる。

彼女の反応を見て、伊達はにやりと笑った。ようやく、小金沢のことでしつこく絡まれたお返しができた。

「さあ、事件のことは忘れて、室長を科警研に復帰させる方法を考えようぜ」

伊達はそう言うと、ビールのおかわりを注文するために店員を呼び出すボタンを押した。

第三話　致死のマテリアル

1

金塚広《かねづかひろし》は、冷え込んだ朝の路地を歩いていた。

時刻は午前七時過ぎ。かろうじて車がすれ違える狭い道の左右には、築五十年は経っていそうな、木造の一軒家が軒を連ねている。家と家の隙間は狭く、猫がようやく通れるほどの幅しかない。まるで長屋のようだ。

最近は都内でこうした風景を見掛けることは少なくなったが、金塚が子供の頃はどこに行ってもこんな風だった。小汚い二階建てからは赤ん坊の泣き声が聞こえ、家の前では子供たちが地面にチョークで落書きをし、そのすぐ横をオート三輪が通り過ぎていく……そんな環境で金塚は幼少期を過ごした。まだ東京で一回目のオリンピックが開催される前のことだ。

その当時のことをつい思い出してしまうのは、辺りが静かすぎるからかもしれない。静寂を埋めようと、脳が勝手に過去の音を再生してしまうのだ。そろそろ通勤通学の時間帯だが、冷たい風の吹く道を歩いている人影はない。この地域に住んでいるのは、外出の必要のない老人ばかりなのだろう。

いろんな意味で寒々しい路地を進み、金塚は突き当たりにある一軒家にたどり着いた。元々は自動車の整備工場だったが、持ち主はとうの昔に廃業し、今は埼玉の老人ホームに入っている。ここを借りて住んでいるのが、金塚の仕事仲間である、久慈《くじ》昌《まさ》夫《お》だった。

　正面の大きなシャッターは閉まっている。その脇に、シンプルなボタン式のインターホンがある。それを押してみるが、しばらく待っても反応はない。

　久慈はまだ寝ているのだろうか。しかし、水曜日のこの時間に訪ねていくことは毎週の決まり事になっている。この一年ほど、久慈がその約束を破ったことはない。必ず起きていて、金塚を迎えていた。

「……仕事が片付かなかったのか？」と金塚は呟いた。

　いったんシャッターの前を通りすぎ、隣家のブロック塀との間の狭い通路を奥へと進む。途中にあるすりガラスの窓越しに、ガレージが明るくなっているのが分かった。音は聞こえないが、やはりあの男は作業場にいるらしい。

　珍しいな、と金塚は思った。久慈は朝から作業をすることはない。作業音が近所迷惑になりにくい、昼間の時間帯に仕事を進めるのが常だった。そしていつも彼はノルマをきっちりこなし、期日までに「商品」を仕上げていた。

　ひょっとすると、風邪でも引いて寝込んでいたのかもしれない。久慈は今年で六十七歳になる。金塚の一つ上だ。ちょっとしたことで体調を崩すのも仕方ないだろう。

金塚はそのまま奥まで進み、建物の裏手に回った。そこに、庭と呼ぶには狭すぎる、二坪ほどの細長いスペースがある。昔はここに、不要な工具やタイヤ、ホイールなどを置いてあったのだろう。

久慈から預かっている合鍵で裏口のドアを解錠し、中に入る。「商品」の回収を急ぐ時のために借り受けたものだ。

ガレージはおよそ四〇平米で、中央に木製の作業台があり、壁際には電気炉と工具を収めた棚などが並んでいる。

ガレージ内の寒さに、金塚は違和感を覚えた。久慈は寒がりで、秋の終わり頃から昼間でも石油ファンヒーターをつけて作業をしていたからだ。

作業台の上には、作りかけの「商品」が並んでいる。作業に使う道具も出しっぱなしだ。しかし、肝心の久慈の姿は見当たらない。作業を放り出し、ガレージの照明も消さずに、寝室のある二階に上がったらしい。

「なんだよ、まったく」と金塚は舌打ちをした。

ガレージの中には、二階へと続く鉄製の階段がある。そちらに向かおうと作業台のそばを通り過ぎたところで、コンクリートの床に倒れ込んでいる人影に気づいた。

茶色い毛糸で編まれたニット帽と黒のジャンパー、油染みのついたグレーの作業ズボン……久慈はいつもの格好でうつ伏せに倒れていた。

「お、おい、大丈夫か」

彼のそばにしゃがみ込み、金塚は久慈の手首に触れた。

脈を確かめるまでもなかった。久慈の体は床と同じ温度にまで冷え切っていた。死んでから、もうかなりの時間が経っているらしかった。

突然のことに頭が追いつかない。とにかく落ち着かねばならない。金塚は久慈の死体から離れ、ガレージの隅の薄汚れたソファーに座った。

救急車を呼ぶべきか、あるいは警察か。自分が第一発見者になることに問題はないのか。誰か別の人間が気づくまで放っておくべきか。遺族への連絡はどうするのか。そもそも久慈に家族と呼べる人間はいたのか……。

とりとめのない思考を巡らせるうちに、金塚は肝心なことが頭から抜け落ちているのに気づいた。そうだ。何より優先すべきは、「商品」のことだ。

とにかく、自分たちがやってきたことを他人に知られるわけにはいかない。

そう思った瞬間、動揺で震えていた心がぴたりと鎮《しず》まった。

可能な限り、徹底的に痕跡を消さなければならない。金塚はゆっくりと立ち上がり、証拠隠滅作業に取り掛かった。

2

一月七日、月曜日。年明けの初出勤のこの日、北上たちは朝から本郷分室の掃除をしていた。

「今更ですけど、年末にやっておけばよかったですね」

窓を拭きながら愛美が言う。

「忙しかったから仕方ないだろ」とキャビネットの書類を整理しつつ伊達が答える。

「そもそも、綺麗な状態で新年を迎えるべきだ、なんてのはただの風習だろ。別にいつ掃除をしたって構わないはずだ」

「合理的でありさえすればよい、って考え方も危ないと思いますけどね。人間は気持ちで動く生き物ですから。休み明けの初日をいい気分で過ごせるかどうかで、その年の調子が決まるってこともあるんじゃないですか」

「だから、初詣に行くとおみくじを引きたくなるのかもね」

不要になったコピー用紙をダンボール箱に収めつつ、北上は二人の会話に加わった。

「意外だな、そんなことを言うなんて」伊達が手を止めて振り返った。「俺たちの中じゃ、北上が一番合理主義者だと思ってたけどな」

「思想はそうでも、周囲の雰囲気には抗《あらが》えないんです。ウチの家族は毎年必ず近所の神社に行きますし、おみくじも引きます。今年もやりましたよ」

「ふーん。ちなみに今年の運勢は？」

愛美に訊かれ、北上は「中吉だよ。面白みがなくてごめん」と答えた。

「波乱はないってことなのかな。研修も残り三カ月を切ったけど」

「おみくじで何が分かるんだよ。いいから手を動かせよ。あと十五分しかないんだぞ」

伊達が苛立った様子で言う。今日は午前十時に出雲所長が分室にやってくることになっている。それで、朝から慌てて部屋の掃除をしているというわけだ。ちなみに新年の挨拶や訓示ではなく、新たな調査依頼だと聞いている。

タイミングとしてはちょうどいいかもしれない、と北上は感じていた。研修では、取り組むべき事件を自分たちで選ぶシステムでやっているが、いま手元に届いている中には特に興味が湧く案件はない。「これはやる価値がある」と出雲が判断したのなら、ぜひ話を聞いてみたいところだ。

どういう事件かをあれこれ想像しているうちに部屋の掃除は終わっていた。テーブルと椅子を整えたところでドアがノックされ、出雲が姿を見せた。時刻はきっちり午前十時になっていた。

伊達がすかさず、「明けましておめでとうございます。本年もよろしくお願いいたします」と挨拶する。北上と愛美も彼に一拍遅れて頭を下げた。

「ああ。今年もよろしく」

「新しく、分室内にミーティング用の机を設置しました。もしよろしければ、こちらでお話を伺いますが」

「いや、そう長くは掛からない。とりあえずこれを」

出雲は勧められた椅子を断り、カバンから出した封筒をテーブルに置いた。

「概要を説明しよう、と言って出雲は北上たちを見回した。

「君たちは、カリデ株式会社という会社を知っているか」

「知っています」と反応したのは愛美だった。「大阪に本社がある電機メーカーですよね。ニュースで何度も耳にしました。……悪い意味で、ですが」

「確かに、批判的な報じられ方をしていた」と出雲が頷く。「これまでに、カリデの製造した石油ファンヒーターにより、複数件の一酸化炭素中毒事故が発生している。問題のあった石油ファンヒーターが発売されて五年になるが、今までに明確になっているだけで十二名が死亡している。カリデは新聞広告やテレビＣＭで製品回収を呼び掛けているが、未だに千台以上が未回収のままだ」

出雲の話を聞き、北上もそのメーカーのことを思い出した。事故は、空気取入口の構造の不具合で不完全燃焼が起こりやすく、しかもそれを感知する部品が電子回路の設計ミスにより機能しなかったために起きていた。最初は会社側が製品に問題があることを認めようとしなかったため、かえって世間の反発を喰《く》らい、業績が大きく低下したことでも話題になった。

「この石油ファンヒーターを巡る事故については、カリデの社長および品質管理部長の刑事責任を問う裁判が行われる公算が高い。そのため、疑いのある死亡事例が本当に石油ファンヒーターによるものかどうか、慎重に見定める必要がある。そんな状況で、関連性が疑われる事故がまた発生した。ガレージ内で問題の製品を使っていた男性が急死したんだ。ところが――」

出雲はそこで言葉を切り、テーブルの封筒に目を落とした。

「状況は一酸化炭素中毒事故を示しているにもかかわらず、亡くなった男性の死因に不明瞭な点がある。端的に言えば、なぜ死に至ったかが分からないんだ。この事件に関して、君たちに協力を要請したいと思う」

「土屋さんは何とおっしゃっているのでしょうか」

愛美が尋ねると、「まだ話をしていない」と出雲は答えた。

「資料を読んで問題点を整理した上で、君たちの方から土屋に説明してもらいたい。最近、私が話をしてもまともに耳を貸そうとしないんだ、あの男は」

出雲は小さくため息をつくと、「よろしく頼む」と言い残して部屋を出て行った。

閉まったドアを見つめながら、「相変わらず、土屋さんの興味を引き出すのにかなり苦労しているようですね」と北上は言った。

「それでも諦めないいんだから、よっぽど室長の才能に惚れ込んでるんだな」

「でも、さすがに疲れているように見えましたよ」

「だな。早めに検討して室長に報告しに行くとするか」

「そうですね。新年の挨拶も兼ねて」

北上は頷き、出雲が置いていった封筒を手に取った。

3

同日、午後三時五十分。事件の概要を把握した北上たちは、東啓大の理学部一号館へとやってきた。

廊下が普段より輝いて見える。辺りにはうっすらとワックス特有の油っぽい臭いが漂っていた。年末に業者による清掃が行われたようだ。

すれ違う学生が、北上たちを見て新年の挨拶をする。頻繁に実験のために足を運んでいるので、彼らともすっかり顔馴染《なじ》みだ。

「そういえば、室長は年末年始はどうしていたんでしょうね」と愛美が疑問を口にした。

「毎日大学に来てたんじゃないか？」と伊達。

「あっ」とそこで愛美が足を止める。

北上は振り返り、「どうしたの？」と尋ねた。

「いま気づいたんだけど、私、室長のプライベートなことを全然知らない」

「それは僕も似たようなものだけど」と北上は頭を掻いた。「知ってるのは、大学の近くに住んでて、歩いて通ってることくらいかな」

「伊達さん、教えてください」

「なんで俺が知ってる前提なんだよ」

「知らないはずがないと思って。間違ってます？」

「そこまで詳しいことは分かんねえよ。独身で、千葉県の出身ってことくらいだ。科警研時代は実家から通勤してたらしいから、柏市に近いんだろうな」

「あ、やっぱり独身ですよね。あれで結婚してたら、どんだけ奥さんは夫の身なりに無関心なんだ、ってことになりますもんね」

そんな話をしながら廊下を歩いていた時、北上は聞き覚えのある声を耳にした。

「――そうか、そんなことになってるのか……」

男性用トイレの方から、土屋の声が聞こえてくる。誰かと電話で話しているようだ。

伊達と愛美も話し声に気づき、トイレの出入口の手前で足を止めた。

「……ああ。力になれるか分からないが、もし上野《うえの》さんが困ってるなら、やれることを考えてみる」

少し隙間の開いた引き戸の奥で、土屋は深刻そうにそう言った。

「おい、まずいぞ」

「不可抗力じゃないですか。『偶然通り掛かったところです』みたいな感じで、知らん顔をしてればいいんですよ」

「しかしだな」

「トイレで話してる方が悪いんです」

「突然電話がかかってきて、出なきゃいけなくなったんだろ。いいから離れるぞ」

愛美と伊達がこそこそ喋っているうちに、土屋の声は止んでいた。

手を洗う音に続き、土屋が廊下に出てくる。

彼はこちらに目を留め、「もうそんな時間か」とスマートフォンを白衣のポケットにしまった。面会の予定は四時からだ。

「お時間、大丈夫でしょうか」

伊達が確認すると、「ああ、俺の部屋で話すか」と土屋は歩き出した。北上たちが立ち聞きしていたことには気づかなかったようだ。

四人で土屋の教員室に向かう。学生との面談に使っているソファーに腰を下ろしたところで、北上たちは「明けましておめでとうございます。本年もよろしくお願いいたします」と揃って挨拶をした。

「ああ、おめでとう。残りの研修期間は……ええと、あとどれくらいだったかな」

「三月末までです」と愛美が呆れたように答える。「あと三カ月、濃密なご指導ご鞭《べん》撻《たつ》のほどよろしくお願いいたします」

「ああ、うん、そうだな……」

土屋の生返事を聞き、愛美は露骨なため息を落とした。

伊達は彼女の肩を小突いてから、「出雲所長から、捜査協力の依頼がありました」と切り出した。

「朝に聞いたよ。わざわざここに来て話をしていった」とうつむきがちに土屋が答えた。「一酸化炭素中毒事故なんだろ」

「状況からはそれが疑われますが、遺体の所見が不可解でして」と伊達はメモを取り出し、説明を始めた。

その遺体が発見されたのは、十二月二十日の朝だった。現場は荒川《あらかわ》区の東尾久《ひがしおぐ》の住宅街にある一軒家で、亡くなったのは久慈昌夫という男性だった。年齢は六十七歳。両親数年前からその家を借りており、入居当時からずっと一人暮らしだったという。

はすでに他界しており、身内と呼べる人間は一人もいなかったようだ。

久慈の住んでいた家は二階建てで、元々は個人経営の自動車整備工場だった。そのため、一階がガレージ、二階が居住スペースという構造になっている。

久慈が死んでいたのは、その一階部分だった。発見された時点で体がすっかり冷え切っており、少し離れたところには、カリデが製造した石油ファンヒーターがあった。

「石油ファンヒーターの燃料タンクは空になっており、給油を促すランプが点灯していました。石油ファンヒーターの使用中に久慈さんは死亡したため、燃料が切れるまでつきっぱなしになったのだと思われます。久慈さんは金属のアクセサリーを作って生計を立てていたようで、ハンドメイドの商品を扱う商店との付き合いもあったそうです。亡くなった時も、制作作業をしていたのでしょう」

「それで、問題点はどこにあるんだ」

土屋が顔を上げずに尋ねる。

「二つ、奇妙な点があります。最も不可解なのは、久慈さんの遺体が、一酸化炭素中毒の症状を示していないことです。一酸化炭素中毒患者は一般に血色がよくなります。血中のヘモグロビンは一酸化炭素と結合すると鮮やかな紅色を示すためです。ところが、久慈さんの顔や指先は青紫色に染まっていました。酸素不足によるチアノーゼだと思われます」

伊達はそこで言葉を切り、土屋の反応を待った。しかし、土屋は何も言おうとしない。腕を組み、無言でぼんやりとテーブルを見ている。

軽く咳払いをしてから、伊達が説明を再開する。

「遺体を検視した担当者が、『事件性がないとは言い切れない』と判断しましたので、遺体は司法解剖に回されました。その結果、死因は呼吸不全であることが判明しています。肺の気管支や肺胞には炎症と水分の蓄積が見られ、肺水腫と思われる症状を示していました。心筋梗塞《こうそく》や脳梗塞、血管の破裂といった、突然死の原因となる兆候はなかったそうです。なお、死亡推定時刻は、十九日の午後十一時頃と算出されています」

そこでまた伊達が土屋の反応を窺う。土屋はやはり黙っている。

室内がしんと静まり返る。その静寂の間隙を縫うように、「血液の分析結果について説明を」と、愛美が小声で伊達に囁いた。

「あ、ああ。……ええと、血液を分析したところ、一酸化炭素と結合したヘモグロビンは検出されました。問題のファンヒーターが不完全燃焼により一酸化炭素を生成していたのは間違いないと思われます。しかし、その生成量から推定される空気中の一酸化炭素濃度は二〇〇ｐｐｍ程度であり、致死量とされる一五〇〇ｐｐｍよりはかなり小さい値となっています。……いかがでしょうか」

三たび、伊達が土屋に視線を送る。

土屋はソファーから立ち上がると、自分の机にあった青色のボールペンを手に取った。メモを取るのかと思ったが、土屋はボールペンをカチカチ言わせながら室内を歩き始めた。考え事をする時の土屋の癖だった。

彼はあっさりと重要な閃きを得るのではないか。そう期待しながら待っていたが、土屋は一分ほどでまたソファーに座った。

土屋は黙ったまま、ボールペンの先端を見つめている。

「あの、室長。何か気づかれたことはありますか」

北上が尋ねると、「……いや、うん……」と曖昧に言い、土屋はまた黙り込んだ。

「もう一つの奇妙な点について説明します」

これ以上待てないとばかりに、伊達に替わって愛美が口を開いた。

「久慈さんの遺体を発見したのは、通報を受けて駆け付けた警官でした。その通報が、久慈さんの使っていた携帯電話から発信されているんです。もちろん、本人ではありません。連絡があったのは、二十日の朝ですから。つまり、第三者が通報し、行方をくらませたということです」

「……まあ、なくはないんじゃないか」と土屋は気の抜けた声で言った。「取り調べに答えるのが嫌で、通報だけして立ち去ったんだろう」

「しかし、その第三者はどうやってガレージに入ったのでしょうか」

北上の疑問に、「合鍵を持ってたんじゃないの」と土屋はこともなげに答えた。「万が一に備えて、近所の住民や知り合いに鍵を渡しておくこともあるだろう」

「それなら立ち去る必要はないと思いますが」と即座に愛美が指摘する。「それに、もう一つ不可解なことがあります。久慈さんの携帯電話は持ち去られていたんです。電源は切られ、追跡ができない状態になっています」

「……ん、じゃあなんでそのケータイが通報に使われたと分かったんだ？」

「警察署に着信時の電話番号が残っていましたので」と伊達が遠慮がちに言う。

「ああ、そうか。そうだよな」

土屋はそう言って頭を掻いた。

どうも変だな、と北上は思った。そのくらいのことなら、少し考えればすぐ思いつく。土屋は普段から事件の話をあまり聞いていないが、それとは違う集中力の欠如が感じられる。

もしかすると、さっきの電話が関係しているのだろうか。いつもの土屋は飄々《ひょうひょう》とした落ち着きをまとっているが、廊下に漏れ聞こえてきた彼の声には困惑が混じっていた。

土屋はボールペンを白衣の胸ポケットに差し、ため息をついた。

「……まあ、とにかくいつも通りでいいと思う」

「いつも通りというのはどういう意味でしょうか」

愛美が険のある声音で尋ねる。

「君らがやると判断したなら、俺の方には特に異論はないってことだ。納得いくまで調べてみたらいい」

「それはつまり、いつも通り、室長のご助言はいただけないという理解でよろしいでしょうか」

愛美は笑みを浮かべながらそう言った。顔は笑っているが目は怖い。土屋に腹を立てているのが丸分かりだ。今の確認も、露骨な皮肉にしか聞こえなかった。というよりも、土屋を挑発するつもりでそう言ったのだろう。

「ああ、うん。頑張ってくれ」

土屋は覇気のない声で言うと、「すまないが、今日はこれで」と部屋を出て行ってしまった。

閉まったドアを見つめ、「なんやねん、あれ」と愛美が口を尖らせた。「やる気の欠片《かけら》もあれへんやん」

「心ここにあらずって感じだったな」と伊達も同意する。「出雲さんがしつこく復帰を迫りすぎて、捜査に嫌気が差したのかな」

「はあ⁉　それじゃ、私たちのやってきたことは完全に逆効果だったたってことじゃないですか！」

「まだそう決めつけるのは早いよ」北上は愛美をなだめ、伊達の方に顔を向けた。「電話で話していた『上野』という人物が関係しているのかもしれません。どうですか？気になりませんか」

「……探りを入れてみろってか？」

「それ、ヤバくないですか？　私たちの仕事に関係ないですよ」

愛美が不安げに呟く。「確かにな」と伊達が頷いた。「まあ、でも俺も気にはなる。嗅ぎつけられない程度に調べてみる」

「研修が終わる前に埼玉に強制帰還にならないように気をつけてくださいよ」

「分かってる。その辺のさじ加減は間違えないさ。もちろん、事件の捜査が最優先だからな。じゃ、分室に戻るとするか。役割分担を決めよう」

二人が立ち上がり、部屋を出て行く。

北上は誰もいない土屋の席をしばらく見つめてから、教員室をあとにした。

4

翌日、午後二時過ぎ。雪がちらつく中、北上は伊達と共に狭い路地を進んでいた。

捜査の方針を話し合った結果、一度現場を確認しようということになった。北上たちがその担当だ。愛美は久慈の死因をより詳細に解明するため、司法解剖を受け持った医師に話を聞きに行っている。

「この辺りは妙に静かだな」伊達が寒そうに首をすくめながら言う。「二十三区内はどこも人で溢れてる、みたいなイメージなんだけどな」

「幼稚園や小学校は近くにありますから、子育て世代はいるんでしょうけどね。この地区は年長者が多いんじゃないでしょうか」

北上は周囲を見回した。少し前までは新築の家も散見されたが、道幅がさらに狭まってからは、昭和を感じさせる佇まいの民家ばかりになってきた。

「まあ、今日は特に寒いしな。用事がなければ家に籠《こ》もりたくなるよな」と伊達が白い息をつく。「北上は平気そうだな。さすがは北国育ちだ」

「いや、それはあまり関係ないですよ。僕たちは『ものすごく寒い日の過ごし方を知っている』というだけであって、体質的に寒さに強い人ばかりではないです。僕だって寒いと思ってますよ。だから対策をしているわけで」

北上はコートの裾をめくり、そこに貼った使い捨てカイロを伊達に見せた。

「なんだよ。そうなのか」

そんな話をしているうちに、路地の行き止まりが見えてきた。そこに建つ一軒家の前に、黒いコートに黒のズボンという格好の女性が立っている。

年齢は四十代前半くらいだろう。首の後ろで髪を結んでいる。化粧は控えめだが、面長な顔にほくろやシミは一つもない。知性を感じさせる、穏和で落ち着いた表情には、どこか尼僧めいた雰囲気がある。頭巾《ずきん》と僧衣が似合いそうだ。

「科警研の方でしょうか」と彼女が訊く。かなりハスキーな声だった。

「はい。お世話になります」と北上たちは頭を下げた。

「こちらこそ。尾久警察署・刑事課の水前寺《すいぜんじ》です」と彼女が名乗った。

事故現場に立ち入る許可を取ろうと捜査担当者に連絡をしたところ、刑事立ち会いならばという条件でオーケーが出た。それで、こうして彼女と現場で待ち合わせていたわけだ。

「中は自由に見られるようにしてあります。こちらを」

水前寺が布の手袋を差し出す。「大丈夫です。自前のものがあります」と伊達はそれを断り、持ってきた手袋を嵌《は》めた。

一階のガレージのシャッターは二メートルほどの高さまで持ち上げられていた。そこから中へと足を踏み入れる。

最初に感じたのは、金気臭《かなけくさ》さだった。硬貨に触れたあとの指先のような臭いがする。久慈は金属を加工したアクセサリーを売って生計を立てていたという。その制作作業で発生した臭いが残っているのだろう。

ガレージはやや奥に長い構造をしていた。間口が五メートル、奥行きが七メートルくらいか。元は自動車の整備工場だったそうだが、普通乗用車を二台入れると作業スペースがかなり狭くなってしまう。きっと、一台ずつ対応していたのだろう。

ガレージ内に置かれているものは少ない。中央の作業台と、工具などを仕舞ってある棚がある程度だ。

「発見時、ガレージのシャッターは閉まっていました。連絡を受けて駆けつけた警官は裏口から中に入り、久慈さんの遺体を発見しました」

そう説明し、水前寺がガレージの奥のドアを指差す。アルミ製の、窓も装飾もないシンプルなドアだ。

「そちらのドアの鍵は？」と伊達が尋ねる。

「掛かっていませんでした。通報者はそこから出入りしたようですね」

「なるほど。ちょっと見せてもらいますね」と、伊達がガレージ内を歩き出した。

「あれが、資料にあった電気炉ですか」

北上は、壁際の木の台に置かれた、金庫のような箱状の装置を指差した。

「ええ、そうです」と水前寺が頷く。「亡くなった久慈さんは、ガラスを溶かすのに使っていたようです。彼はガラスを金属で包み込むようなアクセサリーも作っていましたから」

「電気炉は、普通に買えるものなんですか」

「そうですね。安価ではありませんが、購入は誰でも可能です。趣味で陶芸をやる方もいますから。ちなみに、ここにあるものは定価が四十万円ほどします」

北上はそちらに近づき、取っ手のついた分厚い扉を開けた。

内部の両側に、加熱するための金属製の発熱体が埋め込まれている。箱の大きさは一辺が五〇センチほどあるが、中はかなり狭い。どこかの辺が二〇センチを超えるものを入れると、もう扉は閉められないだろう。中の熱が外に伝わらないようにするためには、それだけ外側を分厚くする必要があるらしい。

電気炉の扉を閉めて振り返る。伊達は作業台の近くを見回っていた。

作業台は木製で、幅が一メートル、奥行きが七〇センチほどのものだった。台の上には、ティッシュペーパーの箱や平たい空の木箱、ゴム製の作業マット、ラジオ、手元を照らすデスクライトなどが置いてある。

「久慈さんが倒れていたのはどの辺でしょうか」と伊達が床を眺めながら尋ねる。

「ここですね」と水前寺が指差したのは、作業台のすぐそばだった。シャッターに近い側だ。「体の右側を下にして、軽く手足を曲げた姿勢で倒れていました。サイバイマンの自爆攻撃を受けたヤムチャのような格好ですね」

水前寺が突然変なことを口走った。北上は思わず、「は？」と聞き返した。

「あら、ご存じありませんか。『ドラゴンボール』の有名なシーンですが」

「自分は知ってます、一応」と伊達が微妙に引きつった顔で言う。「……お詳しいんですか」

「子供の頃に、兄と一緒にアニメを見ていたんです」と水前寺が恥ずかしそうに言った。「すみません、不謹慎でしたね」

「いや、分かりやすい説明ではありました」と伊達が微笑する。「ちなみに、外傷はありましたか？　血痕は見当たらないようですが」

「床はコンクリートですから、顔や手に少しすり傷がありました。倒れた際についたものでしょう。ただ、激しく倒れたということはないようです。椅子から滑り落ちた、という方が正しいのではないかと思います」

北上も作業台に近づき、周囲を見回した。木製の、背もたれのない小さな丸椅子はあったが、肝心の石油ファンヒーターは見当たらない。

「石油ファンヒーターでしたら、分解して調べるために署の方に持って行きました。事故当時は、久慈さんが倒れていたすぐ近くに設置されていました」

北上が尋ねるより先に水前寺がそう説明した。

「不完全燃焼を起こした形跡はありましたか」

「ええ。問題の機種は、背面に空気取入口があります。そこには金属の網がカバーとして取り付けられているのですが、構造的に埃《ほこり》を吸着しやすいんです。それで空気が充分に取り込めず、不完全燃焼が発生するわけです。普通なら不完全燃焼が起こればアラームが鳴るのですが、そこの検知機能に不具合があったため、気づけなかったのでしょう」

「なるほど、しかし……」と伊達が天井を見上げる。「ここのガレージは、高さも考えるとそれなりの容積があります。一酸化炭素が発生しても、中毒症状を起こす濃度にはならないのではないですか」

「それは確かにそうです。実際、同じタイプの石油ファンヒーターで一酸化炭素中毒死が起きているのは、この半分程度までの広さのところしかありません」と水前寺は答えた。

「データもそれを裏付けていますね」と北上は言った。久慈の血液を分析した限りでは、一酸化炭素中毒の濃度は致死レベルではなかったはずだ。

「科警研の方は、この案件を一連の事故死とは別物だとお考えなのでしょうか」

「何を明らかにすべきか、という点については、そちらとは微妙に見解が違うかもしれません」と北上は感じていることを正直に口にした。「一酸化炭素中毒が死因か否かではなく、何が死因なのかをはっきりさせたいと思っています。……悪意のある人間が罠《わな》を仕掛けていないとも限りません」

北上の返答に、水前寺が眉をひそめる。

「それは、殺人かもしれないということですか」

「様々な可能性を視野に入れて捜査を進めています」と伊達が言う。「久慈さんの交友関係はお調べになっていますよね。感触はいかがですか」

「……正直に言うと、不可解な点はあります。事故を通報した人間は不明のままですし、持ち去られた久慈さんの携帯電話も見つかっていません。それから……実は、久慈さんには逮捕歴があります」

水前寺はそう言って、久慈の過去について語り始めた。

久慈は高校を卒業後、金属加工の工場に就職したという。しかし、ギャンブルで借金を重ね、勤務先の同僚から金を借りたまま三十代半ばで夜逃げをした。その後は日本各地を転々としながら、スリや空き巣、パチンコなどで生計を立てていたようだ。

初めて逮捕されたのは四十七歳の時だ。盗んだアクセサリーを売ろうとしたところを逮捕され、懲役二年の実刑判決を受けている。出所後も人生を立て直すことができなかったらしく、その後に車上荒らしで二回逮捕され、刑務所に服役していた。最後の服役を終えた三年前にこの家に引っ越してきたという。

「最近は、犯罪行為から足を洗っていたのですか」

北上の質問に、「把握できている範囲では」と水前寺は頷いた。「ただ、近隣住民との間で何度かトラブルが起きています」

「どういったトラブルですか？」

「騒音ですね。この家の手前に住む男性が、『うるさくて迷惑している』と警察に苦情の電話を何度か入れています。久慈さんは金属を加工するために、モーターがついた研磨器具を何種類か使っていました。その音が気になっていたのでしょう。ただ、他の住民からはそういった苦情は出ていません」

「……その男性が非常に神経質だったと？」

そう尋ねる伊達の目つきは鋭さを帯びていた。

「その可能性は否定できないですね。男性は精神科に通院しており、不安障害と診断されていたようです。音に敏感になりすぎていたのかもしれません」

「今回の事件について、その男性に話を聞きましたか？」

「ええ。ただ、情報を引き出せているかは微妙ですね。男性は『警察は騒音について対応しなかった』と思い込んでいるようで、まともに取り合おうとしないんです」

「その人に話を聞いてみたいですね。今後は我々の判断で動いても構いませんか？　そちらの捜査を邪魔するような真似はしませんので」

「上司と相談してみますが、たぶん許可は出ると思います。本郷分室の活動には可能な限り協力するようにと言われていますから」そう言って、水前寺は北上たちをじっと見つめた。「分室の室長は、土屋さんなんですよね」

「ええ、そうですが……室長のことをご存じなんですか？」

伊達の問いに、「一度だけお会いしたことがあります」と水前寺は答えた。

「五年前、ウチの管内で殺人事件が起きた時に、解決に協力してくださいました。……いえ、協力というより、介入というべきかもしれませんね。容疑者すら絞り込めずに苦労していたところ、土屋さんが突然署にやってきたんです。いくつかの証拠品を確認し、『誰々が犯人だから、服と靴をよく調べてみろ』と言ってあっという間に立ち去ってしまったんですよ。でも、彼の指示は極めて的確で、数日後に無事に事件は解決しました。土屋さんが『科警研のホームズ』と呼ばれていたことを知ったのはそのあとです」

水前寺が懐かしそうに語る様子を、北上は興味深く聞いていた。当時の土屋は、興味の赴くままにあちこちの事件に首を突っ込んで、ずけずけと捜査に口出ししていたという。その傍若無人っぷりに憤っていた捜査員もいたようだが、水前寺は土屋の推理の切れ味に感動したようだ。

「土屋さんが手を貸してくれるのであれば、とても心強いです。あの方は、超サイヤ人になった孫悟空みたいな方ですから」と水前寺が微笑む。

「そうですね。自分もそう思います」と伊達が笑みを返す。しかし、その口元が微妙に引きつっていることに北上は気づいていた。

土屋の現状を知ったら、水前寺はどんな反応をするだろう——北上はつい、そのことを考えてしまった。

5

それから五日後、日曜日の午後四時過ぎ。伊達は自宅にやってきた愛美を出迎えた。

リビングに入ると、「へー、いいところに住んでますね」と愛美はキョロキョロと辺りを見回し始めた。

「そうか？　埼玉にいた頃は同じ家賃で1LDKに住んでたけどな」

いま伊達が借りている部屋は八帖のワンルームだ。住むのに特に支障はないが、狭いのは狭い。

「床も綺麗だし、ベッドも整えられてるし、香りも爽やかだし、清潔感があっていい感じですよ。物が少なくて、ちょっと『意識高い系』の雰囲気が漂ってますけど」

「長く住む場所じゃないからな。ゴテゴテ飾り付けても引っ越しが面倒なだけだろ。最小限でいいんだよ、最小限で」

「経済的な考え方ですね。ちなみに、ここに入った女性は私で何人目ですか？」

愛美がにやにやしながら自分の顔を指差す。伊達は肩をすくめて、「第一号だ」と答えた。「というか、家に上がった人間は安岡以外には北上だけしかいない」

「そうなんですか。同じ研修生なんだから、私も呼んでくれたらよかったのに」

「違う違う。いつぞやのドラッグ事件の時にお前が暴走してたから、気を遣ってこっちで北上と話をしたんだよ」

「ああ、あれですか。手間を掛けさせてすみませんね」

「全然反省しているように聞こえないぞ。まあいい。とりあえずこれを付けてくれ」

伊達はパソコンの前の椅子に座り、愛美にヘッドセットを渡した。ヘッドホンと小型のマイクが一体になったものだ。

「私はどこに座ればいいんですか」

「悪いが、ベッドくらいしかないな。そのヘッドセットはBluetooth接続の無線式だから、パソコンから離れていても問題はない」

「えー、ベッドぉ？　変なこと考えてないですよね」

「……いい加減にしろよ。俺は真剣なんだ。今日は日曜で場所も俺の家だけど、これも仕事なんだぞ」

伊達は愛美を睨み、パソコンのスリープモードを解除した。そろそろ約束の時間だ。デスクトップにある、黒の五角形に白の十字のアイコンをクリックする。メーカーのロゴ画面に続き、〈The Shooting Field〉というタイトルが表示された。これは、島を舞台に五十人のプレイヤーが戦うという設定の、一人称視点の３Ｄアクションゲームだ。世間的には、バトルロワイヤル系ゲームなどと呼ばれることもある。パソコンでもスマートフォンでもプレイできるという手軽さが受け、The Shooting Fieldは世界的なヒットゲームとなっている。

「伊達さん、こういうのを前からやってたんですよね」

「そうだな。就職して高機能なパソコンを買ったから、グラフィック性能を活かしたゲームをやろうと思ってさ」

伊達はそう説明してゲームパッドを手に取った。一応、マウスとキーボードでもゲームをプレイできるが、アナログスティックとボタン式の専用コントローラーの方がはるかにやりやすい。

ゲームを起動すると、プレイモードを選ぶアイコンが現れた。プレイする島をランダムにするか、自分で選ぶかの二択になっている。

その前に、ゲーム内のメールボックスを確認する。数分前に、〈スナッフィー〉というユーザーから通知が届いていた。彼が指定したのは、ＩＤ番号０１５の島だった。

スナッフィーの名でプレイしているのは、堀之内朔也《ほりのうちさくや》という二十三歳の男性だ。彼が、久慈の家から聞こえる騒音についての苦情を訴えていた張本人だ。

最初、伊達は堀之内に直接コンタクトを取ろうと試みた。しかし、警察関係者というだけであっさりと面会の申し入れは断られてしまった。

そこで、別ルートで彼から話を聞く方法を伊達は考えた。そのためのツールが、このThe Shooting Fieldだった。

堀之内に関する情報は水前寺から得た。彼は都内の大学を三年前に中退し、実家に引き籠もって毎日ゲームばかりをプレイしているのだという。最近はThe Shooting Fieldに大ハマリし、プレイ動画をYouTubeで配信するほどの入れ込みぶりだと分かった。

そこで伊達は、ゲームを通じて彼に接触を試みた。「動画を見て興味を持った」とゲーム内でメッセージを送り、その後、何度か一緒にプレイもした。そこで一定の信頼を得た上で、初めてゲーム内での音声チャットを持ち掛けた。本来は友人同士などでやりとりし、戦いを有利にするためのツールだ。

「しっかし、伊達さんもひどいことを考えますね。純真な男心を利用して情報を引き出そうなんて」

ヘッドセットのマイクの位置を調整しつつ、愛美が言う。

愛美をこうして自宅に連れてきたのは、堀之内の関心を引くために、「自分は二十代の女性である」と彼に伝えてあったからだ。会話は彼女に任せ、伊達は普段通りにゲームをプレイすることになっている。

「汚い手だってことは承知の上だ。軽蔑《けいべつ》してもらっても構わないぜ」

「別に軽蔑はしませんよ。ただ、アフターケアは必要かなって思うんです。事件が解決しても、時々彼と一緒にやりますよ、このゲーム」

「いや、それは申し訳ない。そこまでしなくても」

「堀之内さんは精神的に弱ってるんでしょ？　伊達さんを友達だと思ってるんだし、すぐに音信不通にしちゃったら可哀想《かわいそう》ですよ。病気が悪化しかねません」

「しかし、急にプレイが下手になったら不審がられるぞ」

「うーん、そこはまあ、なんとかうまくやります。しばらく付き合って、ちょっとずつ疎遠になるって感じで行きますよ」

「いや、やっぱり駄目だ。呼びつけて悪かった。もう帰ってもらって構わない。ボイスチェンジャーを使ってなんとかする」

「それは無理がありますよ。本物の人間の声とは違いすぎますし。いいじゃないですか、私に頼ってくださいよ。チームなんだから」と愛美が伊達の肩を叩く。「あ、ほら、そろそろ始まりそうですよ」

画面を見ると、まもなくプレイヤー数が規定の五十に達しようとしていた。今は平日の昼間だが、このゲームは海外にも相当数のユーザーがいるので、どの時間帯でもすぐにマッチングが完了する。

「……分かった。悪いけど、よろしく頼むな」

そこで画面にポップアップが出る。〈ボイチャの用意できたよ〉という、スナッフィーからのメッセージだった。

「じゃ、いくぞ」と言ってから、伊達はチャットモードをオンにした。

「もしもし、スナッフィーさんですか」

愛美がさっそく呼び掛けると、「はーい、そうだよ」と男の声が返ってきた。二人のやりとりは、伊達もイヤホンを通じて聞けるようにしてある。

「マサムネさんって、可愛い声だね。声優になれそう」

堀之内が馴れ馴れしい声音で話し掛けてくる。鼻の下が伸びている様子が自然と想像できる、だらしない声だった。ちなみに〈マサムネ〉というのは伊達のプレイヤーネームだ。

「ありがとうございます。スナッフィーさんもいい声です。今日は一緒にプレイできて嬉しいです」

表情を窺うと、愛美は楽しそうに会話をしていた。意外と接客業が性に合っているのかもしれないな、と伊達は思った。

そうこうしているうちにゲームがスタートする。島のどの地点からスタートするかはランダムだ。最初は攻撃力の低い、小型の拳銃しか武器を持っていない。島内に隠された宝箱からより強力な武器を手に入れ、それで相手を倒していくというシステムだ。

「俺は北の方。マサムネちゃんは？」

早くも呼び方が「さん」から「ちゃん」になっている。愛美はそれに気を悪くした様子もなく、「私は南なんで、正反対ですねー」と応じた。

「じゃあ、こっちに来てもらっていいかな」

堀之内が合流を呼び掛けてくる。とりあえず、適当に武器を集めつつ北上することにした。

「了解です。雑談しててもいいですか」

愛美の呼び掛けに、「もちろん、もちろん」と嬉しそうに堀之内が言う。

「この間、私の家の近くで事故があったんですよ」と愛美が事前に打ち合わせた通りの切り出し方をした。「なんか、石油ストーブの不完全燃焼？　とかで、住んでた人が亡くなったらしくて」

「え、マジで？　ウチの近くでも似たようなことがあったよ！」

思った通り、堀之内は即座に食い付いてきた。愛美が近所に住んでいるのでは、と期待したのだろう。

「もしかして同じ事故ですかね？　そっちはどんな感じでしたか」

伊達は敵に見つからないように物陰に潜み、二人の会話に意識を集中させた。

「ガレージで作業してた爺《じい》さんが死んだんだよ。こんなこと言うとアレだけど、近所じゃ嫌われてたから、ホッとした人も多かったかも」

「嫌われてたって、どんな風にですか？」

「家に引き籠ってさ、しょっちゅう工作をしてるんだよ。その音がうるさくって、みんな迷惑してたんだ。変なおっさんが訪ねてきたりさ、すげえ怪しいんだよ」

「変な？　見た目が変ってこと？」

「いや、なんかこそこそしてるから。目つきも悪いし、あれはきっと犯罪者だね。二人で悪いことをしてるんだ」

堀之内は楽しそうに喋っていた。彼のいう「変なおっさん」が事件に関わっているのだろうか。

もう少し情報を引き出したい。伊達は拾ったマシンガンを適当に撃ちつつ、愛美の方に顔を向けた。

愛美は軽く頷くと、「怖いね、そういうのって」と神妙に言った。「警察の人に話した方がいいよ。見た目とか特徴とかを伝えたら、対応してくれるかも」

「あー、でも警察はあんまり当てにならないでしょ」

「……そんなこと言わないでよ。私のお父さん、警察官なんだよ」

愛美は悲しげな声で思いっきり嘘をついた。事前の打ち合わせにはなかった返しだ。その機転に伊達は思わず舌を巻いた。

「そ、そうなんだ。ごめんごめん。じゃ、警察に写真を提出しようかな」

「え、写真？」

「うん。何かの役に立つかと思って、見掛けるたびにこっそり家の中から写真を撮ってたんだ」

「その画像、よかったらもらえないかな。お父さんに見せてみる」と愛美がすかさず提案した。

「ホント？　やってくれるんならお願いしようかな。あとで送るね。って、あっ！」

堀之内が短く叫ぶ。同時に、画面上部に出ていた生存者数が一人減った。

「どうしたの？」

「油断してたらやられちゃったよ」

「そっか。じゃ、私も抜ける。一人でやってもつまんないし」

そう言って愛美が目配せしてくる。伊達は親指を立ててみせてからリタイアした。

「ごめんね、いつもはもっと最後の方まで生き残るんだけど」

「いいよいいよ。それより、画像を先にもらっていい？　忘れちゃいそうだし。どこか、ネットの適当なところにアップしてよ」

「あ、うん。じゃあちょっと待って」

いったんそこで通話が切れた。しばらく待っていると、無料のオンラインストレージサービスのアドレスと、ファイルをダウンロードするためのパスワードがゲーム内のメールボックスに届いた。

すぐさまそれをコピー＆ペーストし、指定されたサイトに移動する。

ファイルをダウンロードして解凍してみると、フォルダには五十枚ほどの画像が格納されていた。

写っているのは髪の薄い、六十代と思われる男性だった。かなりの猫背で、ジャンパーのポケットに手を突っ込みながら歩いている。目尻の吊り上がった細い目は警戒心に満ちている。撮影の時間帯は朝のようだ。薄暗いが、画質は悪くない。

「充分使えそうだな」

「大収穫じゃないですか」と愛美が笑みを浮かべる。

「作戦成功って感じか。ん……また向こうからメッセージが来てるな。もう一回、別の島で遊びたがってる」

「じゃ、やりましょう。もう少し情報を引き出してみますよ」

「……なんか、面白がってないか？」

「正直、ちょっとワクワクはします。テレビのドッキリ番組の仕掛け人って、こんな気分なんじゃないですかね」

「楽しんでるところ悪いが、ほどほどで切り上げるからな。頃合いを見計らって、俺がマイクを取り上げる。で、『人の彼女となにゲームやってんだ！』って怒鳴る。彼氏が急に入ってきた、って設定だ」

「えー、それはかわいそうですよ」

「中途半端に長引かせるより、むしろ今日中に片付けた方がいい。気にするな……ってのは俺の勝手な言い分だけど、承諾してくれ。安岡に迷惑を掛けたくないんだ」

伊達は愛美の目を見つめながらそう訴えた。

彼女は気まずそうに顔を背け、「まあ、そこまで言うんやったら、しゃあないかな」とヘッドセットを装着し直した。

「よし、じゃあそれで行くぞ」

「これが終わったら、ご飯おごってくださいね。焼肉でいいんで」

「いいんで、ってレベルじゃないだろ」ため息をつき、伊達は苦笑した。「まあ、俺からのバイト代ってことにするか」

「交渉成立ですね。よし、じゃあ始めちゃってください」

愛美が表情を引き締める。伊達は「おう」と頷き、堀之内の指定した次の戦場へと飛び込んでいった。

6

一月二十二日、火曜日。北上たちは朝から分室で事件の整理をしていた。

「どうなってるんだろうな、一体」

資料を読み返しながら伊達が呟く。

「まさかって感じですよね……」愛美も資料に目を落としながら言う。「連続殺人……なんてことはないと思いたいですけど」

二人が見ているのは、金塚広という男性に関する捜査資料だ。

金塚の身元を突き止めるのには、伊達が大きな貢献をした。伊達は堀之内から、久慈の家をたびたび訪れていた男性の画像を入手した。それを警視庁のデータベースと突き合わせたところ、画像の男性が金塚であることが判明した。久慈と同じく、金塚にも前科があったためだ。

金塚は久慈の自宅近くで何度か住民に目撃されており、捜査に当たっている刑事も彼のことを調べていた。いずれ金塚にたどり着いたと思われるが、早期に身元の特定に至ったのは伊達の手柄と言っていいだろう。

金塚はコカインを海外から輸入した罪で逮捕されている。調べてみると、久慈と金塚は半年ほど刑期が重なっており、同時期に府中《ふちゅう》刑務所にいたことが分かった。今から四年前に、二人は刑務所の中で知り合ったと推測されている。

そこで、事情を聞くべく、捜査員は草加《そうか》市にある金塚の自宅へと急行した。

金塚は古いアパートの一室に一人で住んでいた。そこを訪れてみると、部屋は立ち入り禁止になっていた。管理人に話を聞くと、金塚は二週間ほど前に自室で死んでいたのだという。

発見が遅れたため、金塚の遺体は腐敗が進んでいた。亡くなったのは昨年末だと思われる、というのが死体検案書を作成した医師の見解だった。

明確な死因は特定できなかったが、刺し傷や骨折、首の擦過《さっか》痕など、他殺の根拠となるような痕跡は見当たらなかったようだ。ロープ類や遺書の類いもなく、薬物も検出されなかったことから、自殺の可能性は低い。また、金塚にはこれといった持病はなく、通院もしていなかった。状況から考えて、おそらくは心臓発作などの突然死だろう、と現地の警察は判断していた。

「……時間が経っているので仕方ないとはいえ、火葬されてしまっているのは痛いですね」と北上は言った。

埼玉県内に住む金塚の妹によって葬儀がすでに執り行われており、金塚は骨だけの姿になってしまっている。

「このデータは信用できるんですよね」

愛美が指差したのは、音声データの比較結果だった。

金塚には近所に行きつけのスナックがあり、そこでカラオケを歌う映像が店員のスマートフォンに残っていた。その歌声と、久慈の遺体を発見したという通報を録音したものとを比較したところ、両者は極めて近い一致を示した。遺体の第一発見者は金塚だった可能性が高い。

「一〇〇パーセントとは言えないにしても、仮説を組み立てる素材としては充分だろう」と伊達。「どうも、久慈さんの携帯電話を持ち去ったのは金塚っぽいな」

「しかし、彼の遺品にはそれはありませんでした」と北上は二人を交互に見ながら言った。「久慈さんが使っていたのは、安価な高齢者向けの携帯電話で、売っても大した金にはならないものです。警察に追及されるリスクを冒してまで持ち去り、人知れず処分したのには理由があるはずです」

「久慈さんのケータイだけじゃないよね。金塚のスマートフォンも見つかってない」と愛美が眉間に微かなしわを作りながら指摘した。「たぶん、亡くなる前に急いで処分したんだと思うよ」

「……犯罪の臭いしかしないな」と伊達が腕を組んだ。「二人はこそこそと何かをやってたみたいだな。金の動きが気になるところだが」

「その辺はまだ捜査中ですね。そっちは水前寺さんたちに任せて、僕たちはいつものように科学的に真相を解明していきましょう」

「北上くんの言う通りなんだけど、ちょっと錯綜《さくそう》してきてるね」と愛美も続いて腕を組んだ。「もう一回、情報を整理してみよう」

「書き出してみるか」

伊達が立ち上がり、ホワイトボードに黒のマーカーで疑問を列挙していく。

① 久慈さんの死因は一酸化炭素中毒なのか？
② 金塚は本当に突然死なのか？
③ 金塚はなぜ久慈さんの携帯電話を持ち去ったのか？
④ 金塚はなぜ自分のスマホを捨てたのか？

⑤　久慈さんと金塚は二人で何かをしていたのか？
「ま、こんなところじゃないか」

ホワイトボードを眺め、「うーん」と愛美が首をひねる。

「考えてみたら、私たちが頼まれたのって①の疑問を解決することですよね。なんか、いつの間にか脱線しちゃった感はありますね」

「しょうがないだろ。調べてるうちに謎が増えてきたんだから」

「③、④、⑤は同じカテゴリに分けられそうですね」と北上はコメントした。

「関連性がありそうだしね」愛美も立ち上がり、青のマーカーで③から⑤までを枠で囲った。「①と②はどうなんだろ」

「金塚は去年のうちに死んでたんだろ？　久慈さんが亡くなったのが十二月十九日だから、二週間もしないうちに、接点のあった二人が立て続けに死んだことになる。それを偶然と取るかどうかだな。もし偶然じゃないとしたら、①と②も同じものに括《くく》れるかもしれない」

伊達は赤のマーカーを手に取り、①と②の数字をイコールで繋いだ。

「石油ファンヒーターの不完全燃焼で一酸化炭素が発生したのはあくまで偶然であり、久慈さんの死因は別にある。そして金塚の死因もそれと同じだった……？」

北上は仮定を口にして、立ち上がって室内を歩き出した。

「有力な説は薬物だよな」と伊達。「なにせ、金塚はコカインの取引で逮捕されている。海外のブローカーとの繋がりはまだ残ってるはずだ」

「しかし、久慈さんの血液からはそういったものは出ていません」

「前も似たようなことがあっただろ。『見つけられない＝無い』ではないからな」

「それを言い出すとキリがないんですよね」と愛美が呟く。「結局、『よく分からないけど、石油ファンヒーターは関係なさそうです』って報告することになりますよ」

「まだ諦めるとは言ってないだろ」

むっとした様子で伊達が言い返す。

「じゃあ、これからどうします？」

「効率だけ言えば、金塚の身辺調査を待ってからの方がいいとは思う。薬物絡みだってはっきりすれば、そういう前提で綿密な分析をすることもできる」

「つまり、待機ってことですね。北上くんは？」

「僕は、久慈さんの死因をもう少し突き詰めたい。呼吸不全が直接の死因ってことになってるけど、突然そんな風になるとは考えにくいよ。ドラッグがそれを引き起こしたのかもしれないけど、他に何か考えられないかな」

「一酸化炭素中毒……じゃないよね。遺体の特徴が合わないし」

「……なんか、スタートラインに戻ってきた感じがするな」

伊達がため息をついた時、分室のドアが突然開き、土屋が姿を見せた。上は紺色のジャンパー、下はジーンズという格好だ。

「室長。おはようございます」

表情を引き締め、伊達がすばやく挨拶をする。

「いや、寒いな今日も」

土屋はそう言って部屋に入ってくると、「君らのところに、水前寺って人から連絡はあったたか?」と尋ねてきた。

「いつでしょうか」

「今朝だよ、今朝。さっき、大学に電話があったんだ。一酸化炭素中毒事故について新事実が判明したので、報告したいって言われてさ」

「いえ、こちらには特には」と伊達が怪訝な顔で首を振る。

「あ、そう。じゃ、出雲さんの差し金かもしんないな。捜査に関わらせるために、君らじゃなくて俺の方にだけわざわざ連絡させたんだ」

土屋は淡々と喋っていた。先日会った時は明らかに集中力を欠いていたが、今日は普段通りだ。

「それで、新事実というのはどういうものなんでしょうか」

愛美が土屋の方に足を踏み出しつつ尋ねる。

土屋はポケットから手書きのメモを取り出し、「えーっと、金塚っていう男についての報告だな」と言った。「その男は、偽造した硬貨を海外のオークションで売りさばいていたらしい」

「海外……ということは、日本の硬貨ではないんですか」

北上の問いに、「バッファロー・ニッケルと呼ばれる古い五セント硬貨だって話だ」と土屋は答えた。「俺も初耳なんで、細かいことはよく分からないんだが」

「調べてみます」

伊達がノートパソコンをテーブルに置き、インターネットでその硬貨について調べる。解説記事によれば、バッファロー・ニッケルは一九一三年から一九三八年まで製造されていたもので、裏側にバッファローが描かれていたことからその呼び名がついたという。その中には、発行枚数の少ないものや製造過程で生じたエラーで絵柄が変わっているものなどがあり、収集家の間で高額で取引されているらしい。オークションで三十万ドルを超える値がついたものすらあるそうだ。

「なるほど、古いレアコインですか。何にでもマニアはいるんですね」と愛美は頷きつつ記事を読んでいる。「金塚は偽造したものをどこで入手したんでしょうね」

「……もしかしたら、あのガレージで作ってたんじゃないですか」

ふと思いついた可能性を北上は口にした。北上は現場のガレージを訪れた時に、金気臭さを感じたことを思い出した。久慈は自作のアクセサリーを販売していたが、それはカムフラージュで、実際はコインの偽造の方が本業だったのではないだろうか。

他の三人を順に見ながら、「現場や遺留品を改めて調べてみたら、偽造の証拠が出てくるかもしれません」と北上は言った。

「そうだな」伊達は頷き、ホワイトボードに目を向けた。「犯罪の証拠を消すためだとすれば、疑問の③、④、⑤に説明が付く」

「なんだその数字は……って、ああ、これか」

土屋がホワイトボードに書かれた疑問点に目を留めた。

「はい、そうです。一酸化炭素中毒事故について、未解明の謎をまとめたものです」と北上は説明した。

「ああ、そうなのか。一酸化炭素が発生した形跡はあるのに、死因がよく分からないって話だったな。ふむ、なるほどな」

土屋はホワイトボード用の黒のマーカーを手に取ると、それを手の中で弄《もてあそ》びつつ、分室の中をぐるりと二周した。

「現場の写真を見せてくれるか」

ふいに土屋が足を止め、北上たちのテーブルに戻ってきた。

「これです」と伊達が差し出した捜査資料を一瞥し、「ふむ」と呟いただけで、土屋はまた辺りをうろつき始めた。

部屋をもう一周したところで、「君らは自分の手で床や作業台を調べたか?」と土屋が北上の方にマーカーの先端を向けてきた。

「いえ、見には行きましたが、現場でのサンプル採取などは行っていません」

伊達が背筋を伸ばしながら答える。

「現場を調べた尾久署の鑑識の職員は、体調不良を起こしてないか?」

「それはなかったようですが」

「遺体が見つかったすぐあとに調べてるんだよな。それで何も出なかったということは、死んだもう一人の男はかなり念入りに現場を掃除したんだろうな。命を落とすのもやむなし、ってところか」

土屋の口ぶりに、北上は違和感を覚えた。彼の言葉の意味が咄嗟《とっさ》には摑めなかったからだ。それはすなわち、自分たちには見えていない光景を土屋が見ていることにほかならない。

「……室長。ひょっとして、事故の真相を『解析』されたんですか」

「ん? ああ、まだ仮説だけどな」土屋はそう言って、マーカーの尻で頭を掻いた。

「ちょっと現場を調べに行くか。それそのものはさすがに分解してるだろうが、仮説を補強する痕跡くらいは見つかるかもしれない」

　土屋はそう言って部屋を出ていこうとする。

「え、室長も同行してくださるんですか」と、伊達が慌ててその背中に声を掛けた。

「万が一があるといけないしな」

「万が一……？」

　首を傾げる愛美に、「毒が現場に残ってる可能性はゼロじゃない」と土屋は言った。

「立ち入るなら、念のためにマスクと手袋は装着した方がいい。俺には上司として君らの安全を守る義務がある」

　土屋の真剣な表情に、北上は思わず唾を飲み込んだ。

7

　一月二十五日、金曜日。東啓大の教員室で、土屋は本を読んでいた。

　時刻はまもなく午後九時を迎えようとしている。一時間ほど本に目を通したが、内容が頭に入ってきたという実感はなかった。

　本のタイトルは、『現代宗教心理学総論』。大学の図書館で借りてきたものだ。新興宗教が生まれ、肥大化していく過程における信者の心理状態が主なテーマだ。

科学的に証明されていない「奇跡」を人はなぜ信じ、それにすがろうとするのか。宗教にのめり込むことは悪なのか。教団を抜けさせるにはどうすればいいのか。そういったパートにかなりのページ数が割かれている。親しい相手が宗教にハマって、それで苦労している人間に向けて書かれた本という印象だった。

土屋は本を閉じ、ため息をついた。

「やっぱり、当事者じゃないとな……」

知識を身につけようとしても、書かれていることが実感できなければ正しい理解には繋がらない、というのが土屋の持論だった。特に、こういう複雑な事情の絡む事柄に関しては、何より経験が物を言う。頭でっかちの部外者の意見など、当事者にとっては鬱陶しい雑音にしか聞こえない可能性が高い。

とはいえ、知識がないよりはあった方がいい。

「……一応、最後まで目を通しておくか」

机に頬杖を突き、閉じた本にもう一度手を伸ばしたところで、机の上の電話が鳴り始めた。反射的に卓上のデジタル時計に目をやると、午後九時を三秒ほど回ったところだった。例のあれだ。

土屋は受話器を取り上げ、「土屋です」と応じた。

「私だ」

出雲が当然のように短く言う。金曜日の夜、午後九時。出雲は欠かさず土屋に電話をかけてくる。話す内容はほぼ雑談で、しかも出雲が一方的に飼い犬や趣味の鉄道模型の話をすることが多い。

話し相手がほしくて電話をしているわけではないだろう。出雲は定期的な連絡により、早く科警研に復帰しろ、と暗にプレッシャーを掛けてきているのだ。土屋はこの電話をそういう風に捉えている。

「例の一酸化炭素中毒の件、うまく解決に導いてくれたようだな」

出雲は普段と違い、捜査に関する話題を最初に口にした。

「俺は大したことはしてません。頑張ったのは研修生ですよ。褒めるなら彼らの方でしょう」

「事件に関わった時間は短くても、核心を突く助言が解決への道を切り拓いたのは間違いないだろう。研修生の三人とも話をしたが、君の助言がなければ真相にはたどり着けなかった、と言っていたよ」

彼らはかなり謙遜していたようだ。確かに詰めの部分で多少の貢献をしたかもしれないが、仕事の比率で言えば、ほとんど研修生たちの手柄と言うべきだ。

「しかし、本件を一連の石油ファンヒーターの不具合による事故に入れるかどうか、判断に迷うところだな」と出雲。

「個人的には入れていいと思いますが。一酸化炭素が存在しなければ、被害者が死に至ることはなかったはずですから」

土屋は、数日前に訪れた現場の様子を思い出していた。

手袋にマスク、使い捨ての不織布の防護服。そこまでのしっかりした装備を身に着けるのはずいぶん久しぶりだった。科警研時代に何度か経験がある程度なので、六、七年ぶりくらいだろう。

ガレージの外には、三人の研修生の他に、尾久署の水前寺も来ていた。彼らを外で待たせ、土屋は一人でガレージ内を調べて回った。

作業台の周りの床は念入りに掃除されていた。久慈の遺体を発見した金塚が、警察に通報する前にやったのだろう。そこで土屋は、ガレージ内にあったホウキとチリトリを持ち帰って調べることにした。その他にも、作業台のちょっとした隙間のゴミや、床のコンクリートのヒビに詰まっていた金属粉などを採取した。

それらを大学で分析したところ、懸念していた「猛毒」は検出されなかった。沸点が低く、揮発しやすい物質なので、すでに大気中に拡散してしまったのだろう。

その代わりに検出されたのがニッケルだった。元素番号二十八、元素記号Ｎｉで表される金属元素だ。

ニッケルはそれ単体よりも、他の金属との合金として用いられることが多い。その中でも特に馴染《なじ》み深いのが、白銅と呼ばれる、銅とニッケルとの合金だ。この金属は、五十円硬貨や百円硬貨の材料として用いられており、銅が七五パーセント、ニッケルが二五パーセントの割合で含まれている。

白銅は安定で毒性の低い物質だが、ニッケルが作る物質の中には極めて毒性の高いものが存在する。それが、テトラカルボニルニッケルだ。

ニッケル一分子と一酸化炭素四分子からなるこの錯体は、「死の液体」と呼ばれるほど毒性が高い。毒性が高すぎて正確な致死量を見積もることは難しいが、猛毒として知られる青酸ガスの千倍以上危険とも言われている。

久慈と金塚の二人の命を奪ったのは、一酸化炭素そのものではなく、このテトラカルボニルニッケルだろうと土屋は推測していた。粉末の金属ニッケルは、室温で一酸化炭素と反応し、テトラカルボニルニッケルを生成するからだ。

揮発したテトラカルボニルニッケルを吸い込むと、肺に障害が起こることが知られている。久慈同様、金塚の直接の死因も、呼吸不全だった可能性が高い。

「不完全燃焼が結果的にテトラカルボニルニッケルを作り出したとすれば、石油ファンヒーターのメーカーの責任を問えるかもしれないな。しかし、君の出した結論には少し気になる点がある」

「伺いましょう」

「合金は銅とニッケルが混ざった状態で存在している。白銅をただ放置しているだけでは、一酸化炭素に晒《さら》してもテトラカルボニルニッケルは生成しないはずだ」

「それはその通りです。しかし、現場からはニッケル粉末が検出されています。硬貨の加工をする途中で、年代物のように見せかけるために薬品による表面処理を行ったのでしょう。その薬品が白銅を腐食させ、結果的にニッケルが生じたのだと推測しています」と土屋は説明した。

久慈は現場のガレージでバッファロー・ニッケルを偽造していた。その原料として、彼は百円硬貨を利用していたようだ。大きさは異なるものの、両者は共に同じ配合比率の白銅で作られている。ガレージにあった電気炉で百円硬貨を溶かし、バッファロー・ニッケルに加工するための無地のコインを作っていたのだろう。

「ああ、なるほど。ただ、犯罪行為に手を染めていたのは、いささか心証が悪いな。普通に生活していれば、死ぬことはなかったはずだという反論が成り立ってしまう」

「その辺は、我々の管轄ではないですね」と土屋はコメントした。ちなみに、硬貨を故意に傷つけたり鋳潰す行為は、貨幣損傷等取締法によって禁じられている。

「協力者だった金塚の方はどうだろうか」

「そちらはさらに微妙ですね。物証が乏しすぎます」

金塚がテトラカルボニルニッケルの犠牲になったとすれば、彼が現場のガレージに長く滞在しすぎたのが原因だろう。硬貨を偽造していた証拠を消し去ろうとするうちに、空気中に漂っていたテトラカルボニルニッケルを吸入してしまったのだ。体調の異変は感じていたはずだが、それを無視して証拠隠滅作業を続けたことが、結果的に彼の命を奪ったのではないだろうか。

「不幸にも犠牲になった二人には同情するが、偽造コインのルートの一つが絶たれたことは、マニアにとっては歓迎すべきことだろうな。私もよくオークションで鉄道模型を落札するんだが、出来の悪いものを摑むと本当にがっくりと落ち込んでしまう」

「コイン偽造を組織的にやっていたとしたら、大本を叩くためのきっかけにはなるでしょう。ただ、似たようなことをしている連中は山ほどいると思いますが」

「いずれにせよ、依頼を完遂したことには感謝する」

出雲はそこで少し間を空け、「ところで」と声を若干低くした。「君のところに、上野から連絡はあったか？」

「……いえ」と土屋は受話器を持つ手に力を入れた。「なぜ、上野さんの名前が出てくるんですか？」

「今、少し動揺したな。声に不安が出ていた」出雲が即座に指摘する。「科警研の誰かから上野のことを聞いたんじゃないか？」

出雲の推測は正しい。下手に隠そうとしても簡単に見抜かれてしまうだろう。土屋は嘆息し、「知り合いから、上野さんに関する情報提供はありました」と正直に認めた。

「そうか……。実は、科警研本部でいろいろと噂《うわさ》が広がっている。おそらく、以前からその可能性を疑っていた職員がいたんだ。上野の退所でそれが一気に加速したようだ。早かれ遅かれ、君は真実を知ることになっていただろう」

「別に俺はどうでもいいんですが、おせっかいな人間がいたみたいです」

土屋がそう言うと、「それは違う」と出雲は強い口調で否定した。

「お前が退所した経緯に疑問を持っていた職員が数多くいたからこそ、真実に限りなく近い噂が生まれ、それが広がっていったんだ。いいか、土屋。科警研の職員の多くは、お前が復帰することを願っている。それは紛れもない事実だ」

「……本当ですか？　俺が辞めて二年以上が経ってますが」

「五年経とうが十年経とうが変わらないと私は確信している。むしろ、お前の功績だけが伝わり、神格化されていくだろう。復帰には何の支障もない」

「そう言っていただけるのは本当にありがたいんですが……」

「上野に対するわだかまりがあるのか？　それなら、彼を連れて謝罪に行くが」

「いや、それだけはやめてください。済んだことを今更蒸し返すような真似《まね》はしませんよ。時間の無駄です」と土屋は言った。

「では、なぜ復帰をためらっている？」

「そうですね……やっぱり、ブランクの影響は大きいと思いますよ。犯罪捜査に対する嗅覚は相当鈍っています」

「そんなことは気にする必要はない。環境は人を変える。復帰してしばらく働けば、前の自分をすぐに取り戻せるだろう」

出雲は熱っぽくそう語り掛けてくる。土屋は机の上のボールペンを取り、指の間でくるりと一回転させた。

大学に戻ることを決めた時、犯罪捜査への未練はまるで感じなかった。とにかく、知的好奇心を満たす存在があればそれでいい、というのが土屋の考えであり、それが犯罪捜査から環境科学に変わっても構わなかった。

ただ、大学で研究を続けるうちに、土屋は違う面白さを感じ始めていた。それは、謎と向き合う時の高揚感とは違う種類のものだ。

まだ、それをうまく言語化することはできていないが、そろそろ突き詰めて考える時期が来ているようだ。

研修生たちはあと二カ月で元の職場に戻る。彼らが去る前に、自分の今後のキャリアについて、周囲を納得させられる答えを出さねばならない。それが、分室の室長としての自分に求められていることだ。

土屋はそんなことを考えながら、出雲の言葉にしばらく耳を傾けた。

8

「……遅いなあ」

愛美が机に頬杖を突きながら呟いた。

時計を見ると、午後六時を大きく回っている。今日は事件解決を祝って、飲み会が行われることになっている。捜査報告書も書き上がっているし、午後六時半から店も予約済みだ。

しかし、いま分室にいるのは北上と愛美の二人だけだった。伊達は三時間ほど前に、「ちょっと出てくる」と外出して以来、戻ってきていない。

「北上くん、何か聞いてる？」

「いや、特には。電話があって、それで急に外出することになったみたいだよ」

スマートフォンを確認するが、伊達からのメッセージは届いていなかった。

一酸化炭素中毒事故に関する依頼は片付いた。新しい捜査はまだ始まっていないので、別件での外出ということになる。

「もしかして、水前寺さんと会ってるのかな」

ぽつりと愛美が呟く。

「なんでそう思うの？　もう特に話すことはないと思うけど」

「仕事じゃなくって、個人的に、みたいな」

「……えっと、それはつまり、不倫って意味？」

「い、いや、そこまでは言ってないけど」と慌てて愛美が手を振る。

「安心して、っていうのは変かもしれないけど、伊達さんは別に女性なら誰でもいいって人じゃないと思うよ。むしろきっちりターゲットを絞り込むタイプなんじゃない」

「そんなに真面目に答えないでよ」と愛美が苦笑する。「ただの冗談だってば」

あはは、と愛美が乾いた笑い声を上げる。北上も「はは」と笑ってみせたが、ぎこちなさをごまかすことはできなかった。

室内に、気詰まりな静寂が訪れる。

と、そこでドアが開き、伊達が戻ってきた。

「あ！　もー、遅かったじゃないですかー」

愛美が安堵した様子で伊達に駆け寄る。

伊達は手を突き出してそれを制し、「座って話そう」と険しい口調で言った。

「え？　でも、そろそろ出ないと予約の時刻に遅れちゃいますけど」

「店はいったんキャンセルした。席の予約だけだから、それほど迷惑は掛からないだろう。飲み会よりも大事な話があるんだ」

伊達は真剣な表情をしている。それに気圧《けお》されるように、愛美が椅子に座った。

「以前、東啓大を訪ねた時に、室長がトイレで電話してたことがあっただろ」

「覚えています、もちろん」と北上は頷いてみせた。

「その会話に出てきた、『上野』という人物について調べていたんだが、実は今日、科警研のある男性職員と会ってきた。仮にX氏としておこうか。その人は、かつて土屋さんの下で働いていた」

「……伊達さんは、そんな人とどうやってコンタクトを取ったんですか？」と愛美が怪訝そうに尋ねる。

「順を追って話す。まず俺は、土屋さんの知り合いに上野という人物がいないか確めた。そうしたら、科警研時代の同僚にその苗字《みようじ》の職員がいた。しかも、その人は去年の十月に科警研を辞めている。タイミングから考えて、この人が電話に出てきた『上野』なんじゃないかと思って、少し突っ込んで調べてみることにした」

伊達はそこで言葉を切り、北上と愛美を交互に見た。

「埼玉県警の科捜研の同僚に、科警研に知り合いがいる人がいるんだ。だから、その人に情報収集を頼んだ。その二日後だよ。X氏からコンタクトがあったのは。その人の話を聞いて、土屋さんが科警研を退所した本当の経緯が分かったんだ」

「え？　経緯ならもう知ってますよ」と愛美が言う。「ＤＮＡ鑑定に失敗して、誤認逮捕を起こした責任を取った——ってやつですよね」

「よく考えてみろ。あの室長が、そんなミスをすると思うか？」

「言われてみれば、違和感がありますね……」と北上は腕を組んだ。

なかなか本気を出そうとはしないが、乗り気になった土屋は常に恐ろしいほどの推理の冴えを見せてきた。また、少なくとも北上の知る誰より実験の技術が高い。DNA鑑定で誤った結論を導き出したというのは、確かに首を傾げたくなる話ではある。

「そうだろ。推測も混じってるが、X氏がいろいろと話してくれた。彼は出雲さん以上に、室長の復帰を願っているみたいだった。事実を共有することで事態が少しでも改善すれば……って気持ちで打ち明けてくれたんだと思う」

北上はそのX氏に小さな親近感を抱いた。共に仕事をする中で土屋の能力を目の当たりにし、彼はそれに魅せられたのだろう。

「結論を言うと、室長はミスをしていなかった。鑑定するサンプルが最初から違っていたんだ」

「ラベルの貼り間違いとか採取ミスとか、そういうヒューマンエラーが原因だったたってことですか」

「いや、違う。科警研のある職員の手によって、サンプルが故意にすり替えられていたんだよ。公式にそれが認められているわけじゃないが、X氏はそうに違いないと確信してるようだったな」

「何のためにそんなことを……」愛美が眉間に鋭いしわを寄せる。「科警研の評判が落ちれば、困るのは自分たちじゃないですか」

「そのリスクを背負ってでも、室長を追い落としたかったんだろうさ。出る杭《くい》は打たれる——どんな集団でもそれは起こりうるってことだ」

「すり替えは公になってないって話ですけど、犯人の名前は分かってるんですか？」

愛美が鼻の穴を膨らませながら訊く。伊達は「確定情報ではないが」と前置きした上で、「X氏は、上野という職員を疑っている。上野って人物は、室長のことをかなり嫌っていたらしい」と言った。

「あ、その名前は……」

「偶然にしてはできすぎてるよな」

「なんとなーく、繋がりが見えてきましたね」

愛美がそう呟き、上唇をぺろりと舐めた。

「室長はその辺の経緯をどこまで知ってるんでしょうね」と北上は気になった疑問を口にした。

「X氏は土屋さんに電話をして、その辺のことを全部伝えたみたいだな。ただ、室長のリアクションは薄かったらしい」

「何も感じなかったってことは、科警研への未練はゼロってことですよね……」

「ゼロどころかマイナスかもな。自分を追い出した組織に戻ろうとは思わないだろう」

「あーあ、なんでこのタイミングなんやろ」と愛美がため息をついた。「あと二カ月で研修が終わるんですよ。室長のやる気を取り戻させるなんて、もう絶望的じゃないですか」

「仕方ない。俺たちの責任じゃない」さばさばした口調で伊達が言う。「ここまで来たら、もう開き直るしかないだろ。裏の事情は全部忘れて、シンプルに事件の解決に全力を尽くせばいいんだよ」

「……まあ、それしかないか。伊達さん、たまにはいいこと言いますね」

「だから、褒めるフリをして俺をディスるんじゃないっての」分室に戻ってきてから初めて、伊達は白い歯を見せた。「北上はどう思う？」

「伊達さんと同じ意見です。時間的には、次に取り組む案件が最後になると思います。いい意味で無心になって、自分の得意分野で捜査に貢献することを考えましょう」

「よし。意見が一致したな」伊達が膝を叩いて立ち上がる。「まだ七時前だ。予定通り、飲みに行くとしようぜ。予約をキャンセルした店で改めて予約を取ろう」

「お疲れ様会じゃなくて、決起集会ですね」

そう言って、愛美がすっきりした顔で笑う。「確かに」と北上もつられて笑った。

「おい、北上。言っておくが、何もかもを忘れるために酒に溺《おぼ》れるつもりはないからな。くれぐれも俺たちを酔い潰そうとするんじゃないぞ」

伊達がやけに真剣な口調で釘を刺してくる。

「分かってます。それなりに長い付き合いになりましたから」

北上は笑顔でそう返して、椅子の背に掛けてあったコートを羽織った。

第四話　輪廻のストラテジー

1

宇佐美誠吾《うさみせいご》は会場の隅で、続々と参列者が集まってくるのを眺めていた。

今日の葬儀会場のキャパシティーは五百席。普段は仕切りで三つに区切られている式場を一つに繋げて使っている。この規模で利用されるのは、社員数が千人を超えるような大企業の会長の社葬くらいしかないという。

この会場を予約したのは宇佐美だ。最初は広すぎて空席が目立ってしまうかもしれないと懸念していたが、それは杞憂《きゆう》だった。すでに、広い会場に並べられた椅子のほぼ全てが埋まっている。

参列者の七割はごく普通の喪服姿だが、中には大学の卒業式で目にするような黒いガウンを羽織っている者もいる。それは、教団が公式行事の際に着ることを推奨している服装だった。原価は三千円程度のものだが、一着二十万円する。あくどい商売だな、と自分でも思う。宇佐美が幹部を務める〈輪廻《りんね》のひかり〉では、法に触れないありとあらゆる手段で、信者から運営資金を掻き集めてきた。

宇佐美は無神論者だ。立場上は輪廻のひかりの教義を知悉《ちしつ》し、それを教え広める能力を持った人間ということになっている。だが、それは幹部としてのポーズにすぎない。知識として理解はしていても、教義に共感しているわけではない。

入信時からずっと、宇佐美は教団の運営を経済的な面からサポートするための仕事に徹してきた。やっていることはイベント企画会社のそれと大差はない。

——いいんだよ、お前はビジネスに集中してくれたら。客寄せパンダ役は俺がやるからさ。俺たちが手を組めば、絶対に成功するって。

ふいに、彼の声が耳に蘇《よみがえ》った。

宇佐美はゆっくりと振り返り、ホール正面の祭壇に目を向けた。菊やユリなど、白を基調にした生花に彩られた祭壇の中央には、生前の彼の写真が飾られている。

大岸光寿《おおきしみつとし》は、信者に売りつけているのと同じデザインの紫色のガウンに身を包み、自信に満ち溢れた表情でカメラのレンズを見つめていた。

濃い眉毛に、ニンニクに似た形の大きな鼻。厚ぼったい唇と、幅の広い顎。男前とは言い難いが、大岸の顔立ちには人目を惹《ひ》く何かが確かに感じられる。だからこそ、彼は自らが立ち上げた教団をここまで大きくできたのだろう。そういう意味では、教祖という立場は彼にとっての天職だったのかもしれない。

鬼籍に入ったパートナーの在りし日の姿を思い出し、宇佐美はため息をついた。

「——信者に顔を見せた方がよろしいのではありませんか」

ふと、横手から声を掛けられた。そちらに目を向けると、教団の黒のガウンに身を包んだ赤城佳也子《あかぎかやこ》が微笑んでいた。

「ああ、そうだな」

頷き、宇佐美は大岸の遺影に背を向けた。大岸が亡くなり、宇佐美は今、一時的に教団のトップに立っている。堂々とした姿を参列者に見せなければならない。

「自分の席は分かっているか」

宇佐美が尋ねると、佳也子は「ええ」と頷き、ゆっくりと腹部を撫でた。

二列目の左端。そこが、宇佐美が彼女に与えた席だった。基本的に、祭壇に近い席ほど教団での地位の高い人間が座っている。階級的には一般信者でしかない佳也子が二列目にいるのはかなり異例のことだ。他の信者が見れば、「どうして？」と訝り、佳也子に嫉妬《しっと》をするかもしれない。

だが、前列にいる人間ほど、逆に彼女のことを受け入れるはずだ。なぜなら、幹部である彼らは裏の事情を知っているからだ。

「少し、緊張されていますね」

「……あまり、人前に立つのは好きじゃないんだ」と宇佐美は出入口の方を見たまま答えた。握り込んだ手のひらがじっとりと汗で湿っているのが分かる。

今日の葬儀の最後に、宇佐美は信者たちの前で、「教祖の最後の言葉」を伝えることになっている。その内容はかなり突拍子もないものだ。信者たちは動揺し、会場は騒然とするだろう。

と、その時、葬儀に相応しくない派手な色合いのガウンを着た二人が姿を見せた。

完熟トマトのような赤のガウンをまとっているのが、大岸の妻の那穂《なほ》だ。大岸より も三歳年上で、今年で四十五歳になるが、実年齢よりずっと若く見える。彼女は教祖の妻として普段からノーメイクを貫いている。だからこそ、その肌つやの良さがよく分かる。教団の豊富な資金を美容に注ぎ込んでいるだけのことはある。

彼女の隣には、深い海を思わせる青いガウンを着た少年がいる。大岸の一人息子の光喜《こうき》だった。まだ十六歳だが、通路を歩くその立ち振る舞いには気品が感じられる。

「光」の付く名を授けられ、彼は二代目の教祖となるべく英才教育を受けてきた。周囲から自分がどう見られているのか分かっているのだろう。

光喜が教祖となり、自分は彼をもり立てていく。その未来を選択すれば、教団は今までと変わらないペースで発展していくだろう。

……本当に、発表してしまってもいいのだろうか。

迷いが宇佐美の心をよぎった刹那《せつな》、「ようやく、ですね」と佳也子が囁いた。

反射的に隣に目を向ける。佳也子はへその辺りを優しくさすりながら、目を細めて会場を見つめている。

「ようやく、私たちの願いが叶《かな》います」

「………」

何も言えずに立ち尽くす宇佐美を残し、佳也子は自分の席に向かった。

彼女に、心の中を見抜かれていた——そのことに、宇佐美は寒気を覚えた。

他の人間のいる前でわざわざ自分に声を掛けに来たのは、最後のひと押しをするためだったのだろう。

——私たちはもう後戻りできないところにいるんですよ。

佳也子は宇佐美にそう伝えたかったに違いない。

脇の下を、汗が一筋流れていく。

俺は、本当に自分の意志で行動しているのだろうか。それとも、彼女に操られているのだろうか。

心の中で宇佐美は自分に問い掛けたが、もちろん誰も答える者はいなかった。

2

二月二十五日、月曜日。北上たちは中華料理店でランチを食べ終え、分室に戻るべく本郷の街を歩いていた。

天気はほぼ快晴で、歩道には柔らかな日差しが降り注いでいる。気温もかなり上がっていて、もうマフラーは仕舞ってもいいのではと思えるほど暖かい。

「春っぽくなってきたな」

公園の梅の花を見上げながら伊達が呟く。

「そうですね」と北上は頷いた。「今年は暖冬だったみたいですね。寒くて堪《たま》らないという日はほとんどなかったような気がします」

と、そこで背後から「はあーっ」と重いため息が聞こえてきた。

「なんだよ安岡。鬱陶しいな」と伊達が足を止めて振り返る。「食事中から気になってたけど、ため息をつきすぎだろ」

「いや、そりゃため息の百や二百は出ますって」と愛美が眉をひそめる。「もう三月に入るっていうのに、仕事の方が完全に停滞してるんですから」

「停滞って言い方はどうだろうな。努力をしても状況は変わらないんだから、別に俺たちに落ち度はないだろ」と伊達が反論した。

「自己正当化はダメでしょ。それを持ち出したら、そこで思考停止しちゃうじゃないですか」

「別に正当化はしてないだろ。事実をありのままに述べただけだ」

二人は交互に主張を口にし、路上で睨み合いを始めた。北上は「まあまあ」と仲裁に乗り出した。

「焦る気持ちは分かるけど、伊達さんに当たっても仕方ないよ」

愛美がイラつくのも無理はない。一酸化炭素中毒事故の案件が解決してから、もう三週間余りが経つ。それなのに、未だに次に取り組むべき事件が見つかっていない。

基本的に、北上たちのスタンスは「待ち」だ。過去、もしくは現在捜査中の事件の資料に目を通し、「これは」と思うものがあれば捜査協力を申し出る。あるいは、直接捜査への協力依頼を受けることもある。いずれにしても、警察がまだ気づいていない事件を探しに行くというやり方ではない。

もちろん日々事件は発生しているが、その多くは通常の捜査の範囲で解決するものばかりだ。下手をすれば、いつまで経っても自分たちの役目が来ないこともありうる。愛美の言う「停滞期」は避けられないものなのだ。

無論、捜査に関わっていないからといって遊び呆《ほう》けるようなことはない。犯罪捜査に使えそうな科学論文を読んだり、未習得の分析手法を学んだり、大学の研究者と手を組んで新技術の開発を行ったりと、やることはいくらでもある。

ただ、やはり研修である以上は、実際の捜査に携わりたい。それは三人に共通した思いだった。

伊達は愛美に背を向け、再び歩き出した。

「難事件が発生してほしい……ってのは不謹慎な願いだよな」

「……まあ、それは確かに」

伊達のあとを歩きながら、愛美が呟く。

「僕たちが何もしなくていい、っていうのは本来であれば歓迎すべきことなんだよね」

北上の言葉に、「それを言ったら身も蓋もないだろ」と伊達が首を振る。

「あーあ、普通の研修なら、こういう時は指導教官に頼るのになあ」

「いや、そもそも普通は自分たちで仕事を探したり選んだりすることはないって」と、伊達が即座に指摘する。「俺たちの置かれてる環境はイレギュラー中のイレギュラーなんだよ」

「設立経緯からしてそうですもんね。ちなみに伊達さん、室長と連絡取ってます？」

「いや、取ってない。年度末が近いし、学生への指導やら何やらで忙しいと思ってさ。それに、こっちから連絡しても話すこともないしな」

「ふーん。そうですか。北上くんはどう？」

「僕も会ってないよ。ただ、ちょっと気になることがあって」

「気になるって？」と愛美が隣にやってくる。

北上は「僕の思いすごしかもしれないけど」と前置きしてから、「今からちょうど一週間前なんだけど、東啓大に実験をしに行った時に、室長の部屋からスーツ姿の男性が出てきたのを見たんだ」と打ち明けた。

「それがどうかしたの?」

「初めて見掛ける人だったけど、雰囲気が警察関係者っぽかったんだ。目つきが鋭くて、周囲を警戒しながら歩いてた」

「『っぽかった』ってなんだよ。科学者とは思えない発言だな」

「でも、修羅場をくぐってきた人って、やっぱり分かる気がします。ひょっとして、出雲所長の放った刺客かもしれないですよ。室長を説得するために、交渉の専門家を派遣したとか」と愛美が真顔で言う。

「まあ、あの人ならそれくらいやってもおかしくない気はするな」

「もしそうだとしたら、僕たちはお払い箱ってことになりませんか」

ふと思いついたことを北上が口にすると、伊達と愛美が揃って息を呑んだ。

「……怖いこと言わないでよ、北上くん」

「そうだよ。お前が言うとマジっぽく聞こえるんだよ」

「根拠のない空想ですよ。そんなに真剣に捉えられても」と北上は苦笑した。

「しかし、出雲所長が動いてるって可能性は充分に考えられるよな。土屋さんの復帰に一番執念を燃やしてるのはあの人なんだから」

「分室を作っちゃうくらいですもんね」と愛美がしみじみと同意した。

細い路地を進んでいくうちに、春日通りに出ていた。すぐそこに、分室の入っているビルが見えている。

　そちらに向かって歩き出したところで、ビルから人影が現れた。

「あれっ」といち早く愛美が反応する。「どうされたんですか、室長」

　立ち去りかけていた土屋が足を止め、こちらを向く。

「出掛けてたのか」

「すみません、三人で昼食に出ていました」と伊達が小さく頭を下げる。

「いや、言われてみれば昼飯の時間だ。休憩時間中に来た俺が悪い」土屋はそう言って、ビルの出入口を指差した。「中で話せるか」

「ええ、もちろんです」

　図らずも、北上たち三人の声が重なる。

　土屋は無言で、足早に建物に入っていく。それを見て、愛美と伊達が顔を見合わせた。

「なんか、いつもと雰囲気がちょっと違ってた気がしません？」

「やる気が感じられたな」

　北上も土屋の態度に違和感を覚えた。普段とは違う、焦りのようなものが微かに表情に出ていた。

「とにかく、分室に戻りましょう」

声を掛け、三人で土屋のあとを追う。一階にエレベーターが来ていた。階段の方から は、上階へと遠ざかっていく足音が聞こえる。ボタンを押したものの、すぐに降りてこないエレベーターに痺れを切らして階段を選択したらしい。

三人でエレベーターに乗り込み、四階に向かう。土屋は分室のドアの前で立っていた。

「鍵を持ってくるのを忘れたんだ。開けてくれるか」

伊達がドアに駆け寄り、ロックを解除する。

土屋は部屋に入ると、中央のテーブルのところに自分の椅子を持ってきて座った。それに倣い、北上たちもすぐさまテーブルに着く。

「君らは、いま何の事件に取り組んでいるんだ」

土屋が三人を順に見ながら訊く。

「具体的に捜査協力している案件はありません」と伊達が代表して答えた。

「なら、大丈夫だな。手を貸してもらいたい事件がある」

えっ、と愛美が目を丸くする。彼女が驚くのも無理はない。土屋がこんなことを言い出すのはこれが初めてだからだ。

深呼吸を一つ挟んでから、「どういった案件なのでしょうか」と伊達が尋ねる。

「君らは、輪廻のひかりという宗教団体を知っているか」

土屋の問い掛けに、北上たちは全員「いえ」と答えた。

「そうか。輪廻のひかりは十五年ほど前に設立された、いわゆる新興宗教だ。国立市《くにたち》に本拠地があり、現在の信者数は五千人ほどらしい。公にはされていないが、その教祖が今からひと月前に突然死した」

「病死ということでしょうか」

「分類すればそうなるかもしれないが、教祖に持病はなく、具体的な死因は不明だ。書類上は心不全ということで処理されている」

「つまり、何らかの手段で殺人が行われた可能性もあると」

「現段階では何とも言えないが、否定はできないだろうな。その点も含めて検討したいと考えている」

「ちょ、ちょっと待ってください」と愛美が話に割り込んだ。「話の流れからすると、その事件の捜査に加わるということですよね？　ですが、科警研の本部にはその事件に関する鑑定依頼は届いていないようですが……」

愛美の言う通りだった。北上たちは自分たちが扱う事件を選別するために、科警研に持ち込まれる鑑定についての情報を得ている。人の死が絡まない軽微な案件ならともかく、そのレベルの事件であれば確実に目にしているはずだ。

「この事件に関しては、科警研に依頼は行っていない。宗教団体絡みの案件ということで、捜査関係者とごく一部の上層部の人間以外には箝口令《かんこうれい》が敷かれている。科警研で事件の存在を知っているのは、おそらく出雲さんだけだろう」

　そこで土屋は机の上で組み合わせた手のひらに目を落とした。

「この間、出雲さんから直接電話があって、事件のことを知らされた。関わるかどうかは、俺の判断に任せると言っている。たぶん、俺が興味を示すと思ったんだろう」

「そうですか。室長がやるべきだと感じたのであれば、私たちもお手伝いすることに異論はありません。今回は、室長が自ら選んだ案件です。指示をいただけると考えてよろしいでしょうか」

　愛美がそう言って土屋を見つめる。土屋は曖昧に頷き、「なるべく初期から状況を把握するようには努める」と答えた。

「もう少し、はっきりとしたお言葉をいただけませんか」と愛美が語気を強めた。

「……基本的には君らに任せたいと考えている。俺は後方からそれをサポートする」

「それではこれまでと何も変わらないと思いますが」

　テーブルに身を乗り出そうとする愛美を、「おいおい」と伊達が袖を引いて諫《いさ》める。その手を払って、「お答えください」と愛美は返答を迫った。

「……現地での調査が必要なら、君らだけでやってもらいたい」

「だから、それはなぜですか、とお尋ねしているんです！」

「おい、安岡。もう少し言葉を慎んでだな……」

「伊達さんは下がっててください。研修はあとひと月ちょっとで終わるんですよ。空気を読んでおとなしくしてたら、何のために東京まで来たのか分からなくなるじゃないですか！」

「しかし、言葉遣いってものがあるだろ」

「ここで口論しても誰も得しませんよ」

北上は二人にそう言い放ち、土屋の方に顔を向けた。

「何か事情があるんでしょうか？　それを含めて共有していただけると、僕たちもスムーズに捜査に取り掛かれると思うのですが」

土屋はテーブルに視線を落とし、小さく息をついた。

「……俺の知り合いの奥さん……いや、もう離婚しているから『元』を付けるべきかもしれないが、その人が輪廻のひかりに入信しているんだ。教祖が突然死んだことで、教団は混乱しているらしい」

「だから、この機に乗じてその人を脱会させようってことですか」

愛美が横から口を挟んでくる。土屋は首を振り、「それは違う」と断言した。

「宗教を信じるのは個人の自由だ。身内でもない俺に、それを取り上げる資格なんてあるはずもない」

「では、どうしてこの件に関わろうとするのですか」と北上は尋ねた。

「俺の目には、どの事件も同じものとしか映らない。科学としての面白さは感じても、被害者の遺族の悲しみを考えたり、加害者への怒りを覚えたりということはなかった。それは今も変わらない。俺は常に傍観者だった。だから、理由は一つしかない。不可解な突然死という謎に対し、科学的な興味を覚えた。君らに与える課題としても適切だろうと思っている」

　土屋は淡々とそう語り、顔を上げて北上たちを見回した。

「ただ、もし自分の選択に何らかの意味を与えられるなら、それは望ましいことだと考えている。教団の混乱を収めることができれば、俺の知り合いも多少なりとも安堵するはずだ。離婚したとはいえ、奥さんのことを心配しているようだからな」

「だったら堂々とやればいいじゃないですか」と愛美が言う。

「俺はその知り合いにたぶん嫌われている」と土屋は表情を変えずに言った。「俺が事件の捜査に関わっていると知ったら、いい気はしないだろう。だから、君らに任せたいんだ」

「そんな気の遣い方ができるのなら、私たちのことをもっと指導できたんじゃないんですか？」

　愛美の辛辣な一言に、伊達が顔をしかめる。

「ずっと適当に扱ってきてたのに、『知り合いが関わってる事件だからよろしくな』って、それはさすがに虫がよすぎるんじゃないですか。私たちは駒《こま》じゃありません。ここに研修に来ている、一人の科学捜査官なんです」

そこで北上は、愛美の目が潤んでいることに気づいた。今までずっと、言いたいことを溜め込んできたのだろう。

「……すまなかった。配慮が足りなかったことを申し訳なく思う」土屋はゆっくりと立ち上がると、上着のポケットから四つ折りになった数枚の紙を取り出した。「事件の簡単な資料だ。検討はしてみてくれるか。断ってもらっても構わない」

土屋は資料をテーブルに置くと、そのまま分室を出て行った。

しばらく、誰も口を開こうとしなかった。

一分ほどの沈黙のあと、「暴走しすぎだ、安岡」と伊達がぽつりと言った。「社会人失格だぞ」

「間違ったことは一つも言ってません」と愛美は手の甲で目尻の涙を拭った。

「……僕は室長の気持ちも分かるんだ。科学的に興味を持てるものがあればそれで満足できるタイプだから。でも、今回は違う方向に目を向けようと思ってるみたいだ」

「知り合いの人のためにって言うたこと？　あの人はそんなん、ほんのおまけにしか考えてへんよ。銀行の普通預金の利子程度の良心やろ」

「いや、そうじゃなくて、『課題として適切』ってところだよ。室長が主体的にそう表現したのは、たぶん今回が初めてだと思う」と北上は言った。「他者を思いやって、というレベルではないけど、変化が生まれたことは歓迎すべきかなとも思うんだ。これをきっかけに、科警研復帰を考えるようになるかもしれないしさ」

「それはポジティブシンキングもいいところだと思うけど。室長のことを買いかぶりすぎだよ」と愛美が小さく笑う。

「まあ、あの人はやっぱりかなり特殊なんだろうな。『どの事件も同じものとしか映らない』なんて、なかなか言い切れるもんじゃないぜ。さすがはホームズって呼ばれるだけのことはあるよな」

伊達の表情にも余裕が戻ってきていた。

北上は「そうですね」と頷き、土屋の置いていった資料を手に取った。「とりあえず読んでみましょうか。判断はそれからにしましょう」

「分かった。私も身勝手モードで行くよ。研修の一環としてやる価値があるかどうか、それで判断する」

愛美の宣言に伊達が苦笑する。

「やりたい放題だな、まったく」

「いいじゃないですか、それで。じゃ、コピーしますね」

北上は席を立ち、コピー機の前に立った。

原稿台に載せるために、折り畳まれた紙を開く。

その瞬間、そこに印刷されていた文章に目が吸い寄せられた。

〈教祖は輪廻のために、自らの意志で心臓を止めた——教団幹部はそう主張している〉

3

翌日。北上たちは朝から三人で事件の検討を行っていた。

午前十時を回った頃、分室のドアがノックされる音が室内に響いた。

伊達が席を立ち、ドアを開ける。

「失礼します」と言って、髪をオールバックにした男性が入ってくる。年齢は四十代半ばくらいか。その目は獲物を狙う鷹《たか》のようで、近寄りがたい雰囲気をまとっている。

額に三日月の傷があり、それがまた彼の迫力を増す効果を果たしていた。

「立川《たちかわ》警察署、刑事課の四条《よじょう》です。輪廻のひかりの教祖が突然死した事件の捜査に当たっています」

「すみません、わざわざご足労いただきまして」

伊達が頭を下げると、「いえ、気にしないでください。説明をするのが自分の仕事ですから」と四条は厳しい顔つきのまま言った。

昨日、事件の捜査に協力したいと土屋に連絡したところ、「じゃあ、近いうちに詳しいことを知っている人間をそちらに行かせる」と返答があった。そうしてやってきたのが四条というわけだ。

彼の顔を見た瞬間、北上は初対面ではないことを確信した。彼が、東啓大の土屋の部屋から出てきた男だ。おそらくは出雲所長の差し金で、土屋に事件のことを説明しに行ったのだろう。

四条と共に、全員でテーブルにつく。

「あの、確認したいことがあるのですが」最初に口を開いたのは愛美だった。「土屋室長の知人の奥さん……いえ、元奥さんが、輪廻のひかりに入信していると聞いたのですが、それは事実でしょうか」

「ええ。我々もそのことは把握しています」

「その知人というのは、警察関係者ですか」

「はい」と四条は頷いた。「上野邦数《くにかず》という男性です。そして、信者となったのは彼の元妻の、豊田由布美《とよだゆうみ》さんです」

上野という名前を耳にした瞬間、どきり、と心臓が震えた。土屋が科警研を去る原因となったと疑われている人物だ。

土屋は、彼が汚い手で自分を追い落としたことを知っているという。それにもかかわらず、上野のことを「知人」と北上たちに説明していた。よほど心が広いか、何にもこだわりのない人間にしかできない芸当だろう。そして土屋は間違いなく後者だ。

「豊田氏は、昨年の十一月に輪廻のひかりに入信しています。輪廻のひかりはその名の通り、『輪廻』を中心に据えた教義を採用しています。入信してしっかり修行をすれば、自分の大切な人間とまた来世でも繋がることができる——簡単に言えば、そういう教えです。彼女は娘を喪《うしな》った悲しみを紛らわせるために、その教義に魅力を感じて入信したようです」

「娘さんが亡くなってるんですか……」

「昨年の九月に発生した連続辻斬り事件のことはご存じでしょう」

「ええ、もちろんです……って、まさか」

愛美が目を見開く。「そうです」と四条は冷静に言った。「あの事件の五人目の被害者となった女子大学生は、上野氏と豊田氏の娘でした」

北上たちは数秒の間、言葉を失った。あの凄惨な事件の被害者の家族がどんな思いをしたのか。それを想像するだけで息が苦しくなった。

「……背景は分かりました。事件のことを確認させてください」と伊達が絞り出すように言った。

「では、概要を説明しましょう。随時質問を挟んでいただいて結構です」

四条はフレームレスの眼鏡を掛けると、革のカバンから出した資料を見ながら話を始めた。

　事件が発生したのは、先月の十四日、今年の成人の日だった。亡くなったのは輪廻のひかりの教祖である、六道光寿《ろくどうこうじゅ》という四十二歳の男性だ。これは教祖としての名で、大岸光寿というのが彼の本名だ。ちなみに、捜査本部では「六道」で統一しているという。

　六道の死の状況は極めて奇怪なものだった。彼は三百人の信者の前で、突如として命を落としていたのである。

「あの、そこのところなんですけど」と愛美が手を挙げる。「資料では状況が完全には把握しきれなくて……もう少し具体的にお話しいただけますか」

「前日から六道氏が特別な修行を行っていたことはご存じですね」

　四条の問いに、「ええ」と愛美が頷く。六道がやっていたのは、透明な箱に入り、そこで二十四時間の坐禅《ざぜん》を行うというものだった。しかも、その箱は信者であれば誰でも入場できるホールのステージ上に設置されていた。六道は毎月一度、必ずその公開修行を行っており、輪廻のひかりの名物になっていたという。

「資料には図がなかったんですが、箱というのはどのくらいの大きさでしょうか」と伊達が質問した。

「横幅が四メートル、高さが二・五メートル、奥行きが二メートルというサイズの箱です。正面から見ると横長の長方形になるように設置されていました。ちなみに、資料には『透明な箱』と書いてありますが、左右と底面は白塗りになっています。透明なのは前後と上の面ですね」

「箱の内部には何もないんですか？」と、再び愛美が訊く。

「出入口のドアと、スリット状の細い換気口だけです」

「修行の間はずっと坐禅をするんですか」

「そうです。食事もトイレも無しです。基本的には身動きもありません」

「ほとんど見世物ですね……」と伊達が呟く。北上も同感だった。

「資料によると、前日の正午から始まった二十四時間の坐禅を終え、箱から出た直後に六道氏は死亡したとあります。一体、どんな状況だったのですか」と北上は尋ねた。

「正午を迎えたところで六道氏は立ち上がり、ドアのところまで歩いていきます。そして、ドアを開けて外に出た瞬間、ぐらりと前方に倒れたのです。すぐそばにいた教団幹部が体を支えて転倒を防ぎましたが、その時点ですでに脈がなかったようです。通報を受けて駆けつけた救急隊員によって、六道氏の心停止が確認されています」

「死因は心不全とのことですが……」

「ええ。死亡確認を行った医師はそう判断しています。その辺の事情については、その医師に直接話を聞かれた方がいいでしょう」

「分かりました。そうします」と北上は言った。その医師が事件の鍵を握っている可能性もある。優先して話を聞くべき相手の一人だろう。

「それと、ここの部分なんですが」愛美が資料を指差しながら言う。「〈教祖は輪廻のために、自らの意志で心臓を止めた――教団幹部はそう主張している〉……これはどういうことなんでしょうか」

「六道氏の葬儀で、彼が生前に残したビデオメッセージが発表されたんです」ずっと表情を変えずに喋っていた四条が、そこで初めて眉間に小さなしわを浮かべた。「輪廻が存在することを証明するために、自分はこの肉体を捨て、新たにこの世界に生まれ落ちる――要点をまとめると、そのようになります」

「そして、その宣言の通りに心不全で命を落とした……」と、伊達が神妙に呟いた。

「教祖のそのメッセージが、教団の混乱を引き起こしたんですか」

「いえ、もちろん影響はありますが、そこではありません。ビデオメッセージが流れたあとに、教団の幹部が二代目教祖についての発表を行ったんです」

　信者の前に立ったのは、六道氏の右腕として活躍していた宇佐美誠吾という男だった。そして彼の傍らには、一人の女性がいた。

宇佐美は彼女が六道の子を妊娠していることを公表し、「今年の八月に生まれるその子供こそが、六道が輪廻を経て再生する姿なのだ」と主張した。

六道には妻も子もいた。生前、六道本人は言及しなかったものの、その子供が教団を引き継ぐと信者たちは考えていた。そのため、宇佐美の突然の発表は教団に大きな混乱をもたらしたのだという。

六道の妻の那穂は自分の息子こそが二代目にふさわしいと言い、宇佐美は六道の遺した言葉に従うべきだと抵抗した。その結果、信者たちは那穂派と宇佐美派に分裂してしまったのだ。

「とはいえ、教団の運営については、警察が介入することはありません。我々はあくまで、六道氏が亡くなったことについて捜査を進めています」そこで四条の眼光が鋭さを増した。「彼の死には、不自然な点が多すぎますので」

警察が疑いの目を向けるのも当然だろう。輪廻のひかりは、信者からの御布施やグッズ販売だけではなく、講演会や書籍の販売などでも利益を上げており、その資産は少なく見積もっても二十億円になると言われている。六道がいなくなれば、それだけの金を自分のものにできる。殺人の動機としては充分すぎるだろう。

状況から考えると、六道の子を身ごもっている（と主張している）女性と、彼女を支持している宇佐美が怪しく思える。

「その女性というのは何者なんですか。資料には赤城佳也子という名前しか記載がありませんでしたが」

伊達がすかさずそう質問した。

「端的に言えば、六道氏の浮気相手です。もともとは水商売をしていた女性で、夜の店で六道氏に見初《みそ》められ、教団に入信したようです。ですから、幹部ではなく一般信者にすぎません」

「なるほど……。ある程度状況は分かりました」と伊達。「我々は、どのような形で捜査に協力すればよろしいですか」

「やはり、死因の特定ということになると思います。殺人の可能性があるかどうか、というところに焦点を絞って、科学的な面から結論を出していただければと思います」

「ちなみに、警視庁の科捜研は動いているんですか？」

「いえ。科警研の出雲所長からの指示で、こちらの分室に優先的に対応をお願いすることになっています」

四条は微かに口元をこわばらせながらそう言った。おそらく、彼にとっては違和感のある指示だったのだろう。

不自然だと周囲に思われてしまうリスクを取ってでも、出雲はこの事件を土屋に解かせたいらしい。その強引さに、出雲の土屋への執着を感じずにはいられなかった。

「こちらからの説明は以上です。現場を見に行かれる際にはご連絡ください。こちらで手配いたしますので」

四条は丁寧にそう言うと、捜査資料を残して分室をあとにした。

「……またまた、奇妙な案件を扱うことになったな」

資料を適当にめくりながら伊達が呟く。

「いいじゃないですか、これくらいとんでもない方が」と愛美。その目には、ぎらぎらとしたやる気が宿っていた。

「とりあえず、この資料を読み込んで、室長に報告に行くか」

「は？　そんなことする必要はないですよ」と愛美が眉根を寄せる。「引き受けるってことはもう確定してるんだし、私たちだけで進めましょうよ」

「しかし、一応は上司への報告は必要だろう」

「今はやめておきましょう」と北上は言った。「室長の意見は、なんだかんだで僕たちに強い影響を及ぼします。これが最後の案件になると思いますし、行き詰まるところまでは自力で進めていきませんか」

「お、いいこと言うね、北上くん。私もその方針に一票」

「二票入ったら、もう抵抗しても仕方ないな」と伊達が笑いながら肩をすくめる。「まあ、俺もそれでいいとは思う。研修の集大成のつもりでやっていこうぜ」

伊達の言葉に、北上と愛美は強く頷いた。

4

翌日、午前十時過ぎ。愛美は単身、国立市へとやってきた。

今日もよく晴れていて暖かい。もうすぐ三月を迎えようとする街には、早くも春の気配が漂っていた。

ＪＲ国立駅前から路線バスで十分。訪問先である〈くにたち総合医療センター〉は、停留所を降りた目の前にあった。真っ白い外壁が印象的な八階建てだ。この病院は地域の医療拠点として救急医療システムに参加しており、救急搬送患者を積極的に受け入れているという。それで、六道もここに運ばれてきたのだろう。

事前に面会のアポイントメントは取ってある。受付で来意を告げると、内科の診察室へと通された。

ベッドとパソコンのある六帖ほどの部屋で待っていたのは、顔の丸い、やや太り気味の男性医師だった。年齢は三十代後半か。帽子のように髪が頭部を覆う、マッシュルームカットに近い髪型をしている。

「科学警察研究所、本郷分室の安岡と申します。本日はよろしくお願いいたします」

「ああ、どうも。関《せき》です」と男性が会釈する。少し訛《なま》りがある。東北出身なのかもしれない。

「お忙しいと思いますので、さっそくお話を伺いたいと思います。関さんが、先日亡くなられた六道光寿さんの死体検案書を作成されたんですね」

「そうです。あの日は祝日で、自分がたまたまその日の救急医療担当に当たってたので」と、面倒くさそうに関は言った。おそらく、立川署の捜査員に似たようなことを繰り返し訊かれたのだろう。

「搬送されてきた時、六道氏の様子はどうでしたか」

「呼吸も心臓も完全に停止していました。人工呼吸器や強心剤での蘇生を試みましたが、息を吹き返すことはありませんでした。外傷はなく、表情も穏やかでしたよ。あ、ただ、胸に赤い模様が描かれていましたが」

「儀式の時に施すペインティングですね」と愛美は言った。六道は二十四時間の坐禅を組む際は、胸に赤い絵の具で必ず同じ絵柄を描いていたという。写真で見たのは、手のひらと手の甲を合わせ、左右の親指を絡めたような形だった。これは教団の紋章で、フェニックスをイメージしてデザインされたものらしい。

「そうらしいですね。最初に見た時は驚きました」

「搬送されてくる患者が宗教団体の教祖であることはご存じだったんでしょうか」

「いや、付き添いの方の話を聞くまで知りませんでした」と、関が丸みを帯びた顎を撫でた。

「死体検案書の死亡時刻は、一月十四日の午後〇時一分とあります。これは死亡確認時刻ではなく、関さんが推定した死亡時刻ですよね。亡くなったのが〇時より前という可能性はありますか？」

「医学的な視点から言えば、数十分の誤差はあるかもしれません。でも、〇時まで六道さんは生きていたんでしょう。教団の人にそう聞きました。いくら教祖でも、心臓が止まったまま歩けるとは思いませんよ」

関はそう言って小さく笑った。何を当たり前のことを、と彼の細められた目が言っていた。

確かに関の言い分は正しい。六道が坐禅をしていたホールには当時、三百人の信者がいた。彼らは坐禅を終えた六道が自分の足で歩き、箱を出たところで倒れたのを目撃している。

それだけではない。六道の坐禅の様子は二十四時間ずっと、ホールの後方に設置された固定カメラで撮影されていたのだ。愛美もその動画を見たが、間違いなく六道は箱を出る直前まで生きていた。足取りは確かで、よろめくこともなかった。あれでもし心停止していたとしたら、本物の奇跡としか言いようがない。

「死亡推定時刻については分かりました。次に伺いたいのは死因についてです。心不全と判断されたのはなぜでしょうか」

「まず、六道さんには病歴がありませんでした。昨年の十月に健康診断を受けており、極めて良好な健康状態であったことが確認されています。それから、これは刑事さんにも説明しましたが、死後にＣＴスキャンを行い、脳や血管、その他臓器に異常がなかったことも確認しました。さらには、血液検査においても致死性の毒物は認められませんでした。こういった状況から、急性心不全により亡くなったものと結論づけました。こちらとしては、充分な対応をしたと考えていますが」

「なるほど。六道氏は二十四時間にも及ぶ坐禅を終えた直後に亡くなっています。そのことが心不全を引き起こしたとお考えでしょうか？」

「うーん、それは何とも言えませんね」と関が首をひねる。「それはもちろん、体にとっては相当なストレスだったと思いますが、聞くところによれば、六道さんはその修行を毎月欠かさず行っていたわけでしょう。慣れもあったでしょうし、坐禅で心不全っていうのはどうかと思いますよ」

ずっと同じ姿勢でいると血流が悪化し、血栓ができることがある。いわゆるエコノミークラス症候群だ。だが、六道の体内には血栓はなかったという。心不全の原因を修行に求めるのは、現時点では無理があると言わざるを得ない。

　愛美はそこで居住まいを正し、「一点だけ気になることがあります」と切り出した。

「そこまでやっておいて、なぜ司法解剖を行わなかったのか、ということです。それについてはいかがですか」

「……ああ」

　声にならない呟きを漏らすと、関は椅子の背にもたれ、大きく息を吐き出した。

「……訊かれなかったから警察の人には言ってないんですが、私は板挟みになってたんですよ」

「と、言いますと？」

「六道さんが搬送されてきた直後に、数人の教団関係者が病院にやってきまして。六道さんの奥さんは司法解剖を拒否していたんですが、あとから来た宇佐美って幹部の人が、『信者への説明のために司法解剖で死因をはっきりさせるべきだ』と主張したんですよ。二人の意見はまるで噛み合わなかったんで、弱ってしまいまして」

「関さんが解剖が必要だと判断すれば、遺族であっても拒否はできないはずですが」

「理屈の上ではそうですが、司法解剖となると遺体にメスを入れることになりますから、拒絶反応を示す遺族の方もいるんですよ。それに相手は一般人ではないわけですから、なかなか杓子《しゃくし》定規には事を運べませんよ。彼らに目をつけられても困りますし

「……」

おそらく最後に口にしたのが、関の――というよりも、この病院の本音なのだろう。死因の特定より、トラブルを避けることが優先されたわけだ。

「それで、結論はどうなったんでしょうか」

「宇佐美さんが折れて、死後のCTスキャンを行うということで落ち着きました」

中途半端で弱腰な対応だと感じたが、ここで関を責めても何にもならない。足りない部分を自分たちが補っていくだけだ。

幸い、六道から採取した血液はまだ残してあるという。それを分析用に借り受けることを承諾させ、愛美はくにたち総合医療センターをあとにした。

これまでに分室での研修で関わってきた事件でも、死因がよく分からないケースはいくつかあった。

六道の死の状況は奇異だが、今回もやることは同じだ。愛美はさっそく分析を行うべく、血液サンプルの入った保冷バッグを持ってバス乗り場へ急いだ。

5

同日、午前十一時半。伊達は本郷分室で一人、最近購入した4Kの二七インチ液晶モニターを見つめていた。

ノートパソコンに接続したその液晶画面には、透明な箱の中で坐禅を組んでいる半裸の男が映っている。六道の最後の修行を撮影した動画だ。会場の後方に設置されたカメラは固定されている。ちょうど、箱全体をレンズに収める構図になっていた。

光るほどに剃り上げられたスキンヘッドに、墨で描いたような濃い眉毛。上半身は裸で、下は七分丈の白いズボンを穿《は》いている。体には余計な脂肪はなく、ほどよく筋肉がついている。まるで長距離ランナーのような体型だ。

六道は目を閉じ、箱の中央に座っている。静止画かと思うくらい動きがないが、じっと眺めていると呼吸のたびに肩が少し上下しているのが分かる。呼吸の頻度はかなり低い。呼吸回数を減らし、エネルギーの消費を抑えているのだろう。

修行が行われているのは、教団の敷地内にあるホールだ。資料によると、間口が二五メートル、奥行きが三〇メートルとなっている。小さい体育館程度の広さといったところか。

床は板張りで、出入口から見て奥側にステージが設けられている。ステージは床より一・五メートルほど高くなっており、奥には模様のない、のっぺりした黒い幕が張られている。ホールでは六道による講話や、信者が参加するバザー、あるいはバドミントンなどのスポーツ大会も開かれていたそうだ。問題の修行用の箱はステージに常設されていて、使わない時は緞帳《どんちょう》を閉じていたという。

しばらく画面を見ていると、静まり返ったホールに乾いたベルの音が響き渡った。

修行の終わりを告げる合図だ。

その残響が消えたところで、六道が目を開き、ゆっくりと立ち上がった。

ホールに集まった信者たちを悠然と見回してから、箱の出入口の方へと歩いて行く。

その足取りはしっかりとしている。死の予兆は一切感じられない。

箱の外には、白のガウンを着た宇佐美が待機している。正面を向いていた彼が振り返り、箱の唯一の出入口であるドアの鍵を外した。

うやうやしくドアレバーを掴み、宇佐美がドアを手前に引き開ける。

箱の、向かって左側には壁全体を覆う紫色のカーテンが掛かっており、出入口は隠されている。六道は右手でカーテンをめくり、その向こうに姿を消した。

そこで少し間があく。カウントしてみると、六道がカーテンの中に入ってから、五秒ほどの時間があった。

やがて、ドアの陰から六道が現れる。その体はすでに前方に傾いている。

身じろぎもせずに倒れ込む彼を、ドアのところにいた宇佐美が慌てて支える。一瞬遅れて、修行の様子を見ていた信者たちから悲鳴が上がる。

宇佐美は六道に何度か声を掛け、反応がないことを確認してから、ステージの下にいた信者を呼んだ。四人の男性信者がステージ上に上がり、六道の体を持ち上げる。そのまま彼らはステージ袖の緞帳の陰に姿を消した。

信者たちのざわつく声をマイクは捉えていた。困惑、不安、心配……言葉を聞き取ることはできなくても、入り混じった声は負の感情に満ち満ちていた。そして、誰もいなくなったステージを映し続けたまま、動画は終わった。

ふう、と大きく息をつき、伊達は腕を組んだ。

捜査本部から提供されたこの動画について、昨夜のうちに簡易的な解析を済ませてあった。今のところ、動画を編集、改変した形跡は見つかっていない。ありのままを映したものと見ていいだろう。

終わりの十五分ほどを何度か繰り返し視聴しているが、これといった違和感はない。聞けば、こういった動画は修行のたびに撮影され、資料として教団内に保管されているという。死の瞬間とされる場面を捉えた動画が残っていることは不自然ではない。

ステージの袖に移動したあとのことは、宇佐美を含む五人全員が同じ証言をしている。

「六道の呼吸が止まっていたので、一一九番への緊急通報を行った。そのあとは、救急車が到着するまで人工呼吸や心臓マッサージ、ＡＥＤを用いた蘇生を試みた」――そういう内容だった。

救急車が到着したのは通報から五分後で、六道は一度も息を吹き返すことはなかったという。

ここでまず、最初の疑問を思いついた。全員が示し合わせて嘘をついているのではないか——つまり、ステージの袖で薬物を用いた早業《はやわざ》殺人が行われたのではないか、という疑問だ。

事前に打ち合わせがあり、修行の過酷さをアピールするために、倒れた振りをした六道を舞台袖に運ぶところまでが決まっていた——そう仮定すれば、メンバーで共謀して殺人を決行することは不可能ではない。ただ、六道の血液からは何の薬物も検出されていないし、体に注射痕もなかった。

では、本当に六道は自らの意志で心臓を止めたというのだろうか。そんなことは不可能だ。何かやり方があるはずだ。しかし、トリックについてずっと考えているが、これといったアイディアは浮かんでいない。

伊達は嘆息すると、ノートパソコンを操作し、別の動画の再生を始めた。六道の葬儀の際に流されたビデオメッセージだ。

紫色のガウンに身を包んだ六道は、一人で真っ白な部屋にいた。肘掛けのついた白い椅子に座り、カメラをまっすぐに見つめている。

「私は輪廻こそがこの世の真理であるという悟りを得て、輪廻のひかりという教団を設立した。それは、この真実をなるべく多くの人間に伝えるためだ」

六道が信者に向かってゆっくりと語り掛ける。滑舌はよく、落ち着いた低い声は非常に聞き取りやすい。

「しかし、私の心の中には迷いがある。そのことに気づいた時から、私は二十四時間の坐禅修行を始めたが、未だに迷いを消し去ることはできていない」

わずかな憂いを声に載せつつ、六道がそう続ける。

「その迷いとは、輪廻を体現すべきかどうかというものだ。輪廻は確かに存在する。しかし、それを証明したわけではない。信仰に証明など不要だという意見もあるだろう。しかし、明確な証拠をもってすれば、より多くの信者を悟りに導くことができるのは確かだ。私のところまで上がってきなさい、と突き放すのは簡単だ。だが、私は人を導く立場の者として、諸君らのところに一度降りていこうと思う」

そこで少し間を空けてから、六道は語り掛けるように言う。

「私は自らの意志でこの古い肉体を捨て、新たな命を得て再び諸君らの前に降り立とう。このフェニックスにそれを誓う」

六道が、胸の前で両手を重ね合わせる。影絵のハトのような形――教団の紋章であるフェニックスを表すポーズだ。そして、そこでビデオメッセージは終わる。

先ほどの動画同様、こちらも簡単な解析を行い、音声の加工が施されていないことを確認してあった。

こうして改めて見直すと、六道が抽象的なことしか喋っていないことを実感する。いったん死んで生まれ変わるといった趣旨のことを話しているが、その具体的な手法や時期には触れていない。また、「新たな生命を得て」の部分をどう証明するかについての言及もない。いろいろな解釈が成り立つ、曖昧なメッセージだ。

このビデオメッセージについて、かなり不可解なことがある。それは、メッセージの存在が、六道の妻の那穂に知らされていなかったということだ。那穂は教団の幹部の一人として運営に積極的に加わっており、ポジション的には宇佐美に次ぐナンバー3だった。宇佐美はそんな彼女を蔑《ないがし》ろにした上に、不倫相手の子供に次の教祖の座を渡すべきだと主張した。那穂が激怒したのは当たり前だ。

捜査員がこれまでに得た情報を総合すると、動画の内容を知っていたのは宇佐美だけだったようだ。おそらく、宇佐美は六道と二人だけで撮影を行ったのだろう。であるならば、六道がそうとは知らずに、宇佐美の書いた台本を読み上げたという可能性も疑える。このビデオメッセージを、そのまま輪廻への旅立ち宣言と解釈すべきではない、というのが伊達の結論だった。

六道が命を落としたとされる瞬間、ステージ上には宇佐美がいた。彼が何らかのトリックを用い、心不全に見せかけて六道を殺したのではないか。彼が六道の死後を見据えて様々な準備をしていたことを考えると、どうしてもその可能性を考えてしまう。

問題は、その方法が分からないということだ。

もちろん、まだまだ諦めるような段階ではない。手元には充分すぎるほどの映像資料があるのだ。自分の持てる力を駆使して、怪しい点がないか追及していくだけだ。

より高精度な画像解析を行うには、東啓大にある高機能なコンピューターを活用する必要がある。

伊達は机の引き出しから出した目薬を差すと、データの入ったポータブルハードディスクドライブを持って分室を出た。

6

愛美と伊達がそれぞれに謎と向き合っていたその頃、北上は国立市にある、輪廻のひかりの教団本部の前にいた。

道路に面した出入口には、二人の警備員が立っていた。彼らの背後の、格子の入った引き戸門扉は固く閉ざされている。その向こうには、まっすぐに延びる通りが見える。

多摩《たま》川のすぐ側にあるこの敷地は、およそ三千坪の広さがあるという。元々は運動設備や温泉を備えた宿泊施設として運用されていたもので、三年前に営業を終了し、売りに出されていたものを教団が買い取ったという話だった。敷地内の建物はそのまま居抜きの形で利用しているようだ。それまでは市内の別のビルに拠点を構えていたそうだが、順調に資産を増やして施設の買収費用を捻出したのだろう。

捜査担当の四条を通じて、現場検証を行いたい旨を通告してある。北上は警備員に近づき、科警研の職員であることを伝えた。すると、彼らはどこかに連絡を始めた。

そのまま待つこと五分あまり。やがて敷地の奥から、白いガウンをまとった男性が現れた。肩に掛かるほどの長さの髪、やや頬のこけた面長の顔と、精悍《せいかん》な印象を与えるきりりとした目元。宇佐美は、教祖だった六道とは対照的な容貌をしていた。

彼の姿を確認し、警備員が門扉を引き開ける。

ゆっくりと北上に近づき、宇佐美は手を差し出した。

「お待たせしました。教団の代表代行を務めています、宇佐美と申します」

少し聞き取りづらい、かすれた声で宇佐美が言う。北上は差し出された手を握り、「科警研、本郷分室の北上です」と名乗った。

「立川署の四条さんから連絡をいただき、科警研のことを簡単に調べてみました。科学捜査に精通された方が集まっているところだそうですね」

「ええ。今回、協力依頼を受けて捜査に加わることになりました」複雑な経緯を伏せ、北上はそう応じた。「現場を見せていただけますか」

「もちろんです。私は、六道の死に何ら不自然な点がなかったことを警察の方に証明していただきたいと願っています。自らの意志で命を絶ったと分かれば、信者たちも安心すると思いますので」

　宇佐美は余裕すら漂わせながらそう言い、「案内いたしましょう」と歩き出した。

　通り沿いに桜の木が植えられている。開花まではまだ少し時間があるが、満開の時期には花弁の舞い散る美しい光景が楽しめるだろう。

　まっすぐな道を少し進むと、右手に五階建ての、グランドピアノのような形の建物が見えてきた。壁には小さな窓がいくつも並んでいる。

「あちらは信者たちの住む宿泊施設になっています。以前はホテルだったので、ほぼ改修なしに使っています」と宇佐美。

「ずっと住んでいるんですか？」

「長期滞在する者もいますし、一泊だけして帰っていく者もいます。他府県から来る信者もいますから。ちなみに、私を始めとする教団幹部もここに住んでいます」

「六道氏もですか」

「いいえ、彼と彼の家族は、敷地内にある別宅に住んでいました。今はもういませんが」

　宇佐美は建物を見上げながらそう言った。六道の妻と息子は現在、都内のホテルに泊まっている。対立している宇佐美たちの近くにはいたくないのだろう。

「信者の皆さんは何のためにこちらへ？」と北上は尋ねた。

「理由は様々です。他の信者との議論で教義の理解を深めるため、六道の修行の様子を見学するため、聖物に触れて悟りの手掛かりを得るため……主だった理由はそんなところでしょうか」

「聖物というのは……」

「六道の身に着けた衣服や数珠《じゅず》、あるいは彼が自ら教義を墨書したものなどですね。申請すれば誰でもそれに触れることができます」

「無料で、ですか？」

そう尋ねると、宇佐美は微かに眉をひそめ、「我々としてはそれでも構いませんが、信者が殺到してしまいますので。一定額の寄付金を納める決まりになっています」と答えた。輪廻のひかりは様々な方法で収益を上げているという。聖物も重要な商売道具なのだろう。

宿泊施設の前を通りすぎてしばらく行くと、金網フェンスの向こうにテニスコートやプールがあった。

「あれは、我々がここを買い取る前からあったものです。使用料を払えば誰でも利用できます。今は自粛中ですが」

「それも修行の一環ですか？　それともレクリエーションですか」

「どちらであっても構いません。ここにある施設をどういう意図で利用するかは個人に任せています。我々は何も強制はしません。教義を知りたい、修行をしたいという希望に応えられるように準備をするだけです」

なるほど、と北上は頷いてみせた。輪廻のひかりは、六十歳以上の信者の割合が多いという。ゆるいやり方が高齢者にはちょうどいいのだろう。

綺麗に整備された歩道を進んでいくと、日本武道館を縮小したような施設が見えてきた。六道が修行パフォーマンスを行っていたホールだ。八角形の建物を護衛するように、五メートルほどの高さの常緑樹が周囲に植えられている。

入口のガラス戸を開けて中に入る。床は板張りで、天井は周辺部から中央に向けて高くなっている。屋根を支える鉄骨には、一定間隔でＬＥＤ照明が取り付けられていた。もともとここは体育館として使われていたという。

椅子などはすでに片付けられ、ホール内はがらんとしていた。奥にあるステージ上には、問題の透明な箱が設置されている。

「では、お伝えした通り、箱を調べさせていただきます」

「ええ、どうぞ」悠然と宇佐美が頷く。「気の済むようにやっていただいて結構です。可能な限り、最後の修行が終わった直後の状態を維持しています」

「では、遠慮なく。一通り見せていただいてからサンプル採取を行います」

そう伝えて、木製の階段でステージに上がる。

ステージの端から箱の前面までの距離はおよそ二メートルほどだ。かなり観客に近い位置という印象だった。

箱の中に入る前に、裏側に回ってみる。箱の裏面から奥の壁までは三メートルほどの距離がある。と、そこで北上はステージ上に四角い切れ込みがあることに気づいた。一辺は一メートル程度だ。

「これは何ですか」

「『迫《せり》』と呼ばれる昇降装置ですね。修行の際、六道はこれを使って舞台に上がっていました」と宇佐美が答えた。

これは資料には記載のなかったものだ。あとで調べた方がいいだろう。とりあえず写真だけ撮ってから、北上は正面に目を向けた。箱があっても問題なくホールを見通すことができる。箱に使われているアクリル板は充分な透明度がある。

周囲を先に確認してから、北上は箱の出入口へと近づいた。正面から見ると左側になる。白い壁に合わせて白く塗られたドアの高さは二メートルほどで、ドアの下の部分とステージの床面との間には五センチほど段差がある。ドアには銀色のドアレバーがついており、その下には施錠用のサムターンが付いている。

「六道氏が出てくる時、宇佐美さんはどの辺にいらっしゃいましたか」

「ステージの手前側ですね。儀式の終わる三分前から、いつもそこで待機しています。解錠するのが私の役目ですから。ちなみに、箱の内側にはドアレバーはありません。外からしか開けられない仕組みになっています」

「出てきた時の六道氏の様子はどうでしたか？」

「ドアが開いた時、はっきりした違和感がありました。六道がその場に立ったままだったからです。目は開いていましたが、呆然とした表情で虚空《こくう》を見ていました。どうして次の一歩を踏み出さないのだろう、と訝しく思った瞬間、六道がこちら側に倒れ込んできたのです。詳しい様子は、動画を見ていただければ分かります」

　宇佐美は険しい表情でそう説明した。動画の解析は伊達の担当だ。宇佐美の話にもし嘘があれば、きっと伊達はそれを見抜くだろう。

「六道は、自分の意志で心臓を止めたのだと思います」と宇佐美は言った。「科学的ではないかもしれませんが、人間の体は時に不思議な奇跡を起こすこともあります」

　宇佐美は真剣な表情でそう語った。彼の口調には確固とした信念が感じられたが、すぐに信じられるような話ではない。いずれにせよ、重要なのは自然死なのか他殺なのか、という点だ。

　北上はドアに目を向け、「中に入っても構いませんか」と尋ねた。

「どうぞ。神聖な場所ではありますが、他者が足を踏み入れたくらいで穢《けが》されることはありません。そもそも、箱の見学は信者であれば誰でも可能なんですよ」

「そうなんですか？　これまでに何人くらいが立ち入っているのでしょうか」

「正確な数は分かりませんが、百人は超えていると思います。修行の場に漂う空気を自分のものにしたいという信者は多いですから」

一瞬驚いたが、見学が無料ではないと考えれば納得できた。この箱も、教団にとっては収入源の一つなのだろう。

手袋を付けてからドアを引き開けると、目の前に紫色のカーテンが現れた。二枚のカーテンが中央で重なるように取り付けられている。レール式ではなく、固定されているため、めくらないと中には入れない。

「このカーテンは何のためにあるんですか？」

「集中力を保つためです。ドアが見えると、『外に出たい』という気持ちが芽生え、集中が乱れる可能性があるため、視界から遮るために付けました」

「それは、六道氏の希望だったんでしょうか」

「そうですね。多くの信者を導く立場にいたとはいえ、彼も完璧な存在ではありませんから。人間的な弱さを克服するために修行をしているわけです。いずれはカーテンを外すと六道は言っていましたが……」

それを果たす前に命を落とした、ということか。

北上はカーテンを慎重にめくり、箱の中へと足を踏み入れた。

息苦しさを感じるかと思ったが、思ったほど閉塞感はない。正面と裏側、上部の三面が透明になっており、外の様子が分かるからだろう。

出入口と反対側の壁面も白色だ。上部に細いスリットが入っている。そこが換気口になっているのだろう。

床面は白のアクリル板で作られていた。ほとんど傷はなく、毛髪や体毛、ほこりなどは落ちていない。

「事件後、ここを掃除しましたか？」

「鑑識の方がここを調べたあとに綺麗にしました。充分に調べたのであれば、清めても問題ないだろうという判断です」

「そうですか」ひと通り箱の中を見て回ってから、北上は外に出た。「ステージの下を見せてもらってもいいですか」

「承知しました。では、こちらへ」

宇佐美に案内され、ステージ脇の階段を降りた。正面から見るとステージの右袖にいることになる。そこは六帖ほどの小部屋になっていた。ステージ側と奥側に一つずつドアがある。左側にあるのはステージの下に繋がるドアだろう。

「奥のドアの向こうはどうなっているんでしょう」

「トレーニングルームです。ご覧になりますか」

宇佐美がドアを開けると、左右に長い部屋に繋がっていた。位置的にはステージの裏側になる。正面に窓があり、その前に数台のランニングマシーンが置かれている。腹筋台やウェイトトレーニングを行う台、バーベルなどの他にも、名称も用途も分からない、複雑でいかにも専門的なマシンが並んでいる。

「なかなか立派な設備ですね。ここも、信者の方に開放されているんですか」

「いえ、こちらは六道だけが使っていました。彼は体型維持にかなり気を使っていました。誰にも邪魔されずに体を鍛える場所が必要だったので、宿泊施設だった頃からあったものをそのまま利用しています」

「なるほど……」

写真を撮りながら左奥へ進んでいくと、またドアがあった。そのすぐ手前には、二メートルほどの長さの、銀色の筒が置いてあった。

「こちらはシャワールームになっています。手前にあるのは酸素カプセルです」と宇佐美。「言うまでもないですが、どちらも六道しか使っていません」

「そうですか。ここで突き当たりになっていますが、ステージの反対側には出られないんですか」

「ええ。向こう側も小部屋になっていますが、奥へ繋がるドアはありませんし、ステージの下にも入れませんね。ただ、外に繋がる非常口があります。だから、六道が倒れた時にそちらに運んだんです。救急車を横付けできますから」

「分かりました。一応、ステージの下と、そちら側の小部屋も見せていただきます」

「では、戻りましょうか」

宇佐美が歩き出したところで、「現場検証とは関係ないんですが」と北上は彼の背中に声を掛けた。「宇佐美さんと六道氏は、長い付き合いだそうですね」

「……そうですね。知り合ったのは大学時代ですから、もう二十年になりますか」

二人の経歴は資料で確認済みだった。六道と宇佐美は同じ大学の先輩、後輩という関係だった。二人とも哲学系のサークルで活動していたようだ。入学は宇佐美の方が三年あとだったが、六道は二年生で一回、四年生で二回留年しているので、最終的には同じ学年になっている。

大学卒業後、六道はフリーターになり、宇佐美は大手銀行に就職した。六道は二十八歳で輪廻のひかりを立ち上げており、その一年後に宇佐美は会社を辞めて教団に入った。周囲から見れば、宇佐美のその行動はかなり奇異なものに映ったらしい。

資料ではその辺の事情までは読み取れない。せっかく宇佐美が案内役を務めているのだ。ここで質問しない手はない。「銀行を辞めたことは、大きな決断だったのでははないですか」と北上は水を向けた。

「確かに、安定を捨てて馬鹿な選択をしたと思われたでしょうね。両親からも散々反対されました」

「しかし、それを振りきってまで輪廻のひかりを選んだと……」

「六道に熱心に勧誘されたんです」と宇佐美は苦笑した。「三顧の礼ではないですが、毎日毎日私の自宅にやってきて、教団を大きくするために手を貸してくれと頼まれまして……最初は私もためらっていたんですが、最後は申し出を受け入れました」

「熱意にほだされたという感じでしょうか」

「いえ、それよりも『魅せられた』と表現する方が正しい気がします。六道は学業方面では平凡以下の才能しかありませんでしたが、他者を惹きつける不思議な魅力を持っていました。言葉に耳を傾けたくなるような、そんな力があったんです。私はそこに、教祖としての才覚を感じました。だから、一緒にやってみようと思ったんですよ」

宇佐美は懐かしそうに目を細めながらそう語った。今の言葉は嘘偽りのない彼の正直な気持ちではないか、と北上は感じた。

「その後はずっと、二人三脚でやってこられたんですか」

「ええ。表に出るのは常に六道で、私はあくまで裏方でしたが」

「……お二人はいいコンビだったわけですね」そこで北上は軽く顔をしかめてみせた。

「それなのに、なぜ六道氏の葬儀であのような発表をされたのですか」

「あのような、と言うと？」

「六道氏の息子ではなく、浮気相手の、しかもまだ生まれてもいない子供に教団を継がせようとしていることです」

ズバリと切り込むと、「何もおかしなことはないと思いますが」と宇佐美は冷静に言った。「我々の教義の根本は輪廻です。それがこの世の真理であることを伝えるために、六道は教団を立ち上げたのです。彼は我々に遺したビデオメッセージで、『古い肉体を得て、新たな生命を得る』と言っていました。それを考えれば、これから生まれてくる子供に教団を託すのは自然なことでしょう」

「なぜ、那穂さんや教団の幹部にその考えを事前に伝えなかったのですか」

「六道がそれを望んだのです。輪廻の大本となる母体を守るためでしょう。六道が生きているうちに彼女に万が一のことがあれば、輪廻は失敗に終わりますから」

宇佐美がよどみなく答えたところで、ドアの開く音が聞こえた。

そちらに目を向けると、宇佐美と同じ白いガウンを着た女性が入ってくるのが見えた。六道の不倫相手の、赤城佳也子だった。

女性にしては比較的背が高い。一七〇センチ近くあるだろう。長い髪を一つにまとめ、首の脇から胸の前に垂らしている。くっきりした二重の目と、すっと通った形のいい鼻筋に、微かな笑みを浮かべた桜色の唇。透明感のある白い肌と、卵型の美しい輪郭……写真で見ていたが、実物はそれよりも数段上の美しさをまとっていた。思わず見つめずにはいられなくなるような、強烈な魅力を放っている。

「どうしてここに」と宇佐美が訝しげに呟く。

「今までと違う部署の方が現場検証に来られていると伺い、挨拶に参りました」

佳也子はそう言い、北上を見つめながら微笑んだ。

目を合わせただけで鼓動が速くなったのが分かった。単なる美しさでは説明できない、心が震えるような感覚がある。この悪魔じみた笑みに抗いきれず、六道は彼女と不倫をしてしまったのだろう。

「何か、気になることはありましたでしょうか」と佳也子が北上をまっすぐに見つめながら訊いてくる。

北上は佳也子の視線を受け止めた。

「一つ、お伺いしたいことがあるのですが」

「ええ、何なりと」

「あなたにとって、六道氏はどういう存在だったのでしょうか」

「そうですね……。あの方はとても純粋で、常に自然体であり続けました。不遜な言い方になりますが、まるで自分の子供のように感じていましたよ」

佳也子はそう答えて、ガウンの上から優しく腹を撫でた。妊娠五カ月目に入った頃だが、ゆったりした服を着ているせいか、腹部の膨らみは目立たない。

「だから、とても楽しみなんです。また、彼に会えるのが」

その言葉を聞いた瞬間、北上は思わず息を呑んだ。彼女の体がぼんやりと光っているように見えたからだ。

――彼女は本当に、心の底から輪廻を信じているのではないか。

慈愛に満ちた神々しい表情を見ていると、そんな風に思えて仕方がなかった。

7

それから一週間後の、三月六日。北上たち三人は、午後四時前に分室に集合した。これまでに個別に調べたことを共有し、六道の死について議論を行うためだ。

外から帰ってきた愛美がコートを脱ぎながら、「二人とも、進捗はどうですか」と尋ねてきた。

「あるデータを確認するために、今日は警視庁の方に行ってたんだ。そこで興味深い事実が分かったよ。ただし、それですべての謎が解決するわけじゃないんだけど……」

「なにそれ北上くん。気を持たせるようなこと言っちゃって。ま、あとでじっくり聞こうか。伊達さんはどうですか」

「俺も面白いことを突き止めたぜ。乞うご期待、って感じだな」

伊達が自信ありげに親指を立てる。

「二人ともさすがにやりますね」

「そういうお前はどうなんだよ、安岡」

「ふふ、よくぞ聞いてくれました。私もいいネタを持ってるんですよ。聞いたら、二人とも絶対に『おおーっ』ってのけぞりますね」

「へえ、そいつは楽しみだな」

「こっちこそ乞うご期待ですよ」と不敵に答え、愛美がドアの方を振り返った。「本当に来るんですかね、あのお方は」

今日は午後四時から、土屋を交えて四人で話をする予定になっている。

「スケジュール的に大丈夫な時間を選んだけど」

北上がそう言うと、愛美は顔の前で指を振った。

「甘いよ北上くん。時間にルーズな人にスケジュールっていう概念はないんだから。その場のノリでオーケーを出しておいて、五分後には忘れてるってレベルなんだよ」

「それじゃ、まるで猫だな」と伊達が苦笑する。「ルーズなわけじゃないだろ、あの人は。単純に、無関心なことに対する記憶力が極端に乏しいだけだ」

「いや、脳内プロセスは違うかもしれないですけど、結果はどっちも同じですから。迷惑するのは私たちなんですよ」

愛美がそう返した時、分室のドアがぱっと開き、土屋が部屋に入ってきた。

北上は思わず、「おっ」と声を上げそうになった。土屋はただ時間通りに分室に現れたにすぎないのだが、それは非常に珍しいことだった。

「全員揃ってるな。報告を聞かせてもらおうか」

土屋がそう言ってテーブルにつく。北上たちもすぐさま席に座った。

「では、まずは自分から」と伊達がプロジェクターのリモコンを手に取った。「今回の捜査協力の主題は、『六道氏の死が心不全か否か』です。その検証のために、死の直前まで行われていた修行の様子を捉えた動画を念入りに検証しました」

伊達はスクリーンに問題の動画を映し出した。二十四時間の坐禅を終え、六道が箱を出ようとするシーンだ。

「六道氏が、ドアの手前のカーテンをめくり、その中に姿を消します。その時点で、箱のドアは開いていません。一時的に画面から六道氏の姿が見えなくなり、五・二秒後にドアの陰から六道氏が倒れ込んできます」

伊達はそこで再生を一時停止した。

「自分が立てた仮説は、この時点ではまだ六道氏は生きていたのではないか、というものです。つまり倒れたのは演技で、事前に宇佐美氏を始めとする数人と打ち合わせが行われていたのではないかと考えました。それを検証するために、倒れていく体の動きを解析しました。もし意識があれば、倒れまいとする反射が筋肉に現れると思ったからです。そうして箱を出る前後の映像を比較していたら、思わぬ発見があったんです」

画面がそこで切り替わり、二枚の画像が表示された。

「これは、箱を出る前後の六道氏の姿です。ほぼ真横からのアングルなのですが、胸に描かれた模様の一部が確認できます」

伊達の言う通り、フェニックスの羽の先端は肋骨の辺りにある。ぎざぎざした赤い模様が映っている。

「比率や確度を合わせてこの画像を重ね合わせたところ、微妙なずれが発生することが分かりました」

「それの意味するところは？」と土屋が短く訊く。

「二つ、可能性を考えました。一つは、心停止により筋肉が瞬間的に萎縮し、絵柄がずれた可能性。もう一つは、箱の中にいた男と、倒れた男は別人であるという可能性です」

「あっ」

その瞬間、北上と愛美の声が重なった。「それって」と愛美が腰を浮かせかけるのを、

「まあ、待てよ」と伊達がとどまらせた。

「二人とも何か言いたそうだが、今は俺のターンだ」

「……了解です。続きをどうぞ」

「別人説を検証するために、肌の色合い、全身の骨格、耳の形、手の長さ、足の長さ、血管のパターンなど、あらゆる観点から二つの画像を細かく比較しました。その結果、両者は九七・三パーセントの確率で異なる人物であるという判定が出ました」

「つまり、どこかで入れ替わりが行われたということか」

土屋が画面から視線を外さずに呟く。

「自分はそう考えています。ちなみに、倒れ込む際の姿勢からは、六道氏が本当に意識を失っていたことが分かっています」と伊達は報告を締めくくった。

「次は自分が」と北上は立ち上がった。「動画に映っていた現場に足を運び、指紋や毛髪を採取してきました」

「それは、立川署の鑑識がやっているだろう」

「ええ、六道氏が亡くなった翌日に現場で作業をしています。ただ、鑑識の担当者は、箱の内部以外はほとんど調べていないんです。ですから、自分は箱の側面や裏側、ス

テージの下側、六道氏が使っていたトレーニングルームなどで指紋と毛髪の採取を行いました。その結果、やや不可解なことが分かりました。六道氏の指紋の検出数が妙に少なかったんです。おそらく、何者かが最近になって拭い取ったものと推測されます。隠蔽《いんぺい》の意図が感じられたので、立川署の鑑識課の職員と共に、改めて現場での指紋採取を行いました。その結果、トレーニングルーム内のトイレの洗面台から、謎の指紋が見つかりました」

　トレーニングルームには他に、宇佐美と佳也子の指紋があった。それに加えてもう一人、あの場所に立ち入った人間がいたのだ。

「トレーニング用のマシンのメンテナンスに来た人とかは？」と愛美が疑問を口にする。

「業者に聞いたら、トイレは使ってないって話だった」と北上は答えた。

「じゃあ、事情を知ってる誰かさんが拭い損ねた指紋……ってことか」

「箱の内側から出た指紋に、その謎の指紋は含まれていたか？」

　ぼそりと土屋が質問する。「はい」と北上は頷いた。「明瞭さから見て、かなり新しいもののようです」

「その指紋の持ち主が、『もう一人の六道』である可能性は高そうだな」と伊達が言う。

「実はもう、その人物の正体は判明しているんです」三人を見回しながら北上は言った。「西中哲太《にしなかてつた》というのが、指紋の持ち主の名前です」

「指紋で身元が分かったってことは、犯罪者だったの？」

「いや、そうじゃないんだ。今から六年前、西中が働いていた百円ショップで、夜間に空き巣被害があった。その際、犯人のものと比較するために指紋を採取されていたんだよ。そのデータがまだ残ってて、ヒットしたんだ」と北上は説明した。

これに関しては運がよかったと言うべきだろう。事件が解決するか、公訴の時効である七年をすぎれば、協力者の指紋のデータは抹消される。長い間未解決だったことがいい方向に働いたというわけだ。

「六道はどこかで西中に出会い、自分に似ていることに気づいた。それで、整形させて影武者に仕立ててあげたんだな。辛い修行を肩代わりさせるために……。西中の昔の写真があれば、骨格分析から動画の人物と一致することが示せるはずだ」

立ち上がりかけた伊達に、「まだ私の報告が残ってます」と愛美がストップを掛けた。

「しかし、急いだ方が……」

「西中のことは、立川署の捜査員に伝えてあります」と北上は言った。「参考人として行方を追っていますので、必要な情報はすぐに集まりますよ」

「そうですよ。少なくとも、私の話を聞くくらいの時間はあります」

愛美はそう言って、紙の資料を全員に配布した。

「六道氏の血液を分析したデータです。毒殺の可能性を疑っていたんですが、いかなる薬物も検出されませんでした。血糖値、ナトリウム、カリウムといった一般的な検査項目においても異常は見当たりません。ただ、pHは七・二五と、若干ではありますが酸性に傾いていました。そこで、私は六道氏が病院に搬送された直後に行われた検査のデータを見直しました。着目すべきは、血液ガス分析のデータです。六道氏の血液中の二酸化炭素の量は、正常値の上限とされる四五mmHgを上回る、五五mmHgを示していたんです。このことから、換気不全による二酸化炭素の蓄積が考えられました」

「担当医師はそれを見落としていたということか？」

土屋の問いに、「呼吸停止による影響だと判断したそうです」と愛美が答えた。「しかし、別の可能性も考えられるのではと思いました」

そこで愛美が土屋に挑戦的な目を向ける。

「どうかしたか？」

「私が何を言おうとしているか、分かりますか」

「……まあ、一応はな。二人はどうだ？」と土屋が北上と伊達を交互に見る。

愛美は血液中のガス濃度に着目している。そこが思考のポイントだろう。

血液に含まれる酸素や二酸化炭素のバランスは呼吸によって決まる。呼吸をすることにより肺で酸素が取り込まれ、その代わりに二酸化炭素が放出される。すなわち、呼吸回数が増えれば二酸化炭素量は減り、呼吸が止まれば二酸化炭素は増える。

その平衡のバランスが崩れる場合が他にもある――愛美はそう言いたいらしい。

どんなケースがありうるだろう。少し考えて、北上はある仮説を思いついた。空気中に酸素があるから、酸素が体内に取り込まれる。当たり前のことだ。

――では、もし二酸化炭素が豊富にあったとしたら？

「……ひょっとして、二酸化炭素中毒を疑ってるの？」

北上が尋ねると、「その通り」と愛美は強く頷いた。

「二酸化炭素は空気中に〇・〇三パーセント含まれてるけど、高濃度になれば中毒を起こしてしまうの。ドライアイス工場の事故や二酸化炭素消火器のトラブルで亡くなった人もいる。これは酸欠とは別物で、酸素があっても二酸化炭素の濃度が三〇パーセントを超えると、生命の危機があるんだって」

「……あの酸素カプセルかもしれない」と北上は呟いた。

あの日、西中と入れ替わった六道は、人目につかないようトレーニングルームにこもっていた。そして、いつものように運動のあとで酸素カプセルに入った。そこに高濃度の二酸化炭素を含むガスを吹き込めば、労なく六道の命を奪えるはずだ。窒息ではないので、酸欠の症状は見られず、殺人であることが露見しにくいというメリットもある。突発性の心不全に見せかけるには最適な方法と言えるだろう。

「仮説としては成立すると思う。しかし、立証するのはかなり厳しいぞ」と伊達が険しい顔で言う。「気体交換が起こらないように保管された呼気があればいいが、そんなものはどこにもない。手元に残っている血液だけじゃな……」

「いえ、別の観点から立証できるかもしれないです」と愛美が自信ありげに言う。「凍結保存されていた六道氏の血液を調べたところ、溶け込んでいる窒素の量が少ないことが分かったんです。おそらく殺人犯は、酸素ガスと二酸化炭素ガスを混合したものを六道氏に吸わせたんでしょう。だから窒素が少なかったんですよ」

「なるほど、直接的な証拠ではないが、六道氏に危害が加えられたことは言えそうだな。いずれにしても、それができたのは宇佐美以外にいないとは思うが」

「私も同じ意見です。だから、宇佐美を徹底的に調べて……」

「ちょっと……」「ちょっと待って」

北上はそこで土屋の方を見た。向こうもこちらを見ている。

「あ、すみません。お先にどうぞ」

「いや、俺はいい。君の意見を聞きたい」と土屋が身を引く。

「そうですか。じゃあ……」北上は愛美の方に目を向けた。「少し議論が先走りすぎてると思う。肝心な部分がまだ未解決のままだよ」

「ん？　『肝心な』って、どこのこと？」

「六道氏と西中が入れ替わったタイミングだよ」

北上は席を立ち、ホワイトボードをテーブルの近くに移動させた。

「前日からのタイムテーブルを書き出してみます」

一月十三日
①11：59　ステージに六道が現れる。
②12：00　六道が箱に入る。座禅スタート。
（二十四時間にわたる坐禅）
一月十四日
（11：30頃？　別の場所で六道が一酸化炭素中毒死する）
③12：00　終了の合図のベルが鳴る。六道は立ち上がる。
④12：01　箱を出た瞬間に、六道が倒れ込む。（死亡推定時刻）
⑤12：02　宇佐美らによって、六道がステージ袖の控室に運ばれる。
⑥12：08　通報を受け、救急隊員が到着。六道は心肺停止状態。
⑦12：30　関医師により、六道の死が確認される。

「便宜的に、近接した出来事にも一分の猶予を設けています。問題は、入れ替わりがあったならどの時点だったのか、ということです」

「⑥と⑦はないよね」と愛美。「救急隊員や関先生が嘘をついてなければ、だけど」

「そこを疑い出すとキリがないからな。彼らと教団との繋がりは確認されていない。とりあえずは外していいだろ」と伊達が言う。「画像解析のデータからは、①と④の六道は本人である可能性が高い。②と③は西中だ」

「ということは、箱の出入りのタイミングが怪しいですね」

北上は①と②、③と④の間にそれぞれ赤い線を引いた。

ただ、入れ替わりを行うにあたって非常に厄介な問題がある。ステージには隠れるような場所がないということだ。ステージの左右の袖から箱までは四メートル以上離れており、観衆に気づかれずに移動するのは不可能だ。箱は前と裏が透明なので、物陰に隠れることもできない。

「唯一の死角は、箱のドアの陰ですね。ドアを開くと、観衆から見えなくなる部分が生じます」

北上はそう言って、ステージの俯瞰図《ふかんず》を模式的に描いた。

「出入口の部分がいかにも不自然なんだよね。ドアが白いところとか、内側にカーテンが取り付けられてるところとか、宇佐美がドアをしばらく開きっぱなしにしてるところとか。あと、緞帳が中途半端に広がってるのもそう。意図的に死角を作り出してるように見える」と愛美がホワイトボードを凝視しながら言う。

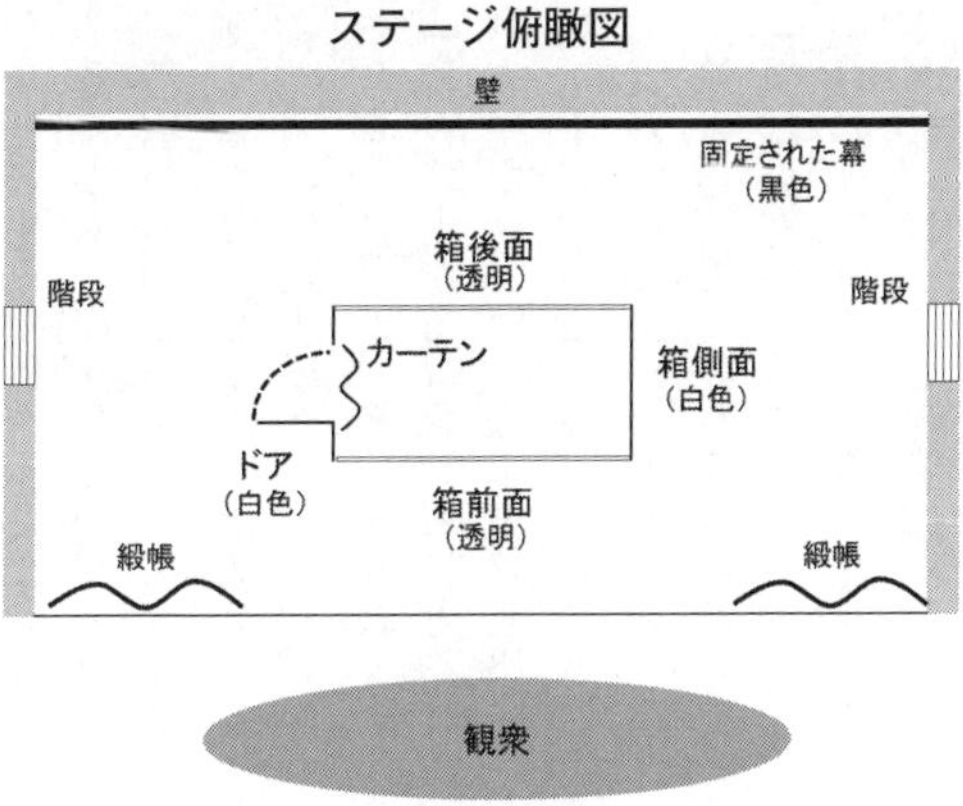

「しかし、入れ替わりは無理じゃないか。出た瞬間にドアの陰で入れ替わるにしても、それまで待機しておく場所がない」と伊達。

「ステージに這いつくばったら見えなくなるってことはないですか。箱の床の高さ分だけ、正面から見えない部分がありますよ」

「それは厳しいね」と北上は首を振った。

「床の高さは五センチしかないんだ」

「箱の裏側だけ、床が下がるとか」

「ステージの下を見たけど、そういう大掛かりな仕掛けはなかった。迫を動かす機構と電気ケーブルがあるくらいで、あとはほとんど骨組みだけだったよ」

「そっかあ。床が動くってのはありそうな感じがしたんだけど……」

「面白い発想だけどな」伊達がそう言って、土屋の方に目を向けた。「室長。何か、気づいたことはありませんか」

　黙っていた土屋が席を立ち、いつものように分室を一周してホワイトボードのところに戻ってきた。その表情は真剣で、彼が推理に集中していることが窺い知れた。

「舞台に上がる昇降装置はどこにある？」

　土屋が赤のマーカーを差し出す。北上はそれを受け取り、迫の位置に□を描いた。ステージのほぼ中央、箱の一メートルほど後ろに位置している。

「昇降装置が動いたとしたら、ホールにいる人間はそれに気づくか？」

「箱は透明ですから、問題なく見えると思いますが」

「視覚以外の方法で、という前提で答えてくれ。音や振動はどの程度発生する？」

「目の前で動くところを見ましたが、どちらもありませんでした。動きは極めてスムーズで、ほとんど無音でした」と北上は答えた。

「誰にも気づかれずにそれを動かすことは可能なわけだ。となると……」

　土屋は黒のマーカーを取り上げると、それでこめかみをつつきながら、再び分室内をぐるりと一回りした。

「ステージ奥の幕の裏に隠れて移動することは可能か？」

土屋がマーカーを北上たちに向ける。

「それは不可能でしょう」と伊達がすぐさま答えた。「幕と壁は密着していますから、人が通れば幕が膨らみます。修行の様子を撮影した動画からは、そういった様子は確認できませんでした」

「そうか。入れ替わりのネックになっているのは、透明な箱ということだな」土屋はそう言って、北上が青色で描いた箱の裏面を黒のマーカーでなぞった。「もしここの面が黒ければ、入れ替わりは可能になる」

「それは……ええ、その通りでしょう」と北上は可能性を認めた。

修行開始時（タイムテーブルの①と②の間）は、六道は開かれたドアの陰を利用して、箱の裏に潜んでいた西中と入れ替わることができる。

修行が終わったあとの入れ替わり（タイムテーブルの③と④の間）は少し複雑だ。

まず、箱の裏に六道の遺体をスタンバイさせる。トレーニングルームで殺害したあと、車椅子に乗せてステージ下まで移動、そこから昇降装置でステージに上がり、ドアの近くに待機させておく。これを行ったのは、おそらく宇佐美だろう。作業を済ませてから何食わぬ顔で堂々とステージに上がったのだ。

修行が終わり、西中が外に出る。この時、彼の姿は開かれたドアの死角になって観衆からは隠れている。西中は車椅子から六道の遺体を引っ張り上げ、立たせた状態から前に倒す。そこを宇佐美が受け止め、六道の様子がおかしいという演技をする。彼が時間稼ぎをしている間に、西中は車椅子ごと昇降装置でステージの下に消える。それを見届けてから、宇佐美がステージの下にいた信者に声を掛ける――。

そういった手順を踏めば、入れ替わりトリックは完成する。

ただし、この推理には大きな穴がある。どうやっても、透明な箱の裏に潜むことはできない。その問題はまったく解決されていない。

「あ……もしかして」と愛美が目を見開いた。「ステージの背後の幕と同じ色合いの板を立てながら移動すれば、気づかれずにトリックを実行できるんじゃないですか」

「いくら色を同じにしても、照明の反射の問題がある。厳しいんじゃないか」と伊達が言う。

「いや、発想としては悪くない」土屋はそう言って、北上の方に目を向けた。「箱の裏の面は、間違いなく透明だったんだな」

「はい」と北上は強く頷いた。

「裏面と他の面が交わる部分について、どの程度調べた?」

「透明ではない三面と接する部分のことですか。それは……目視のみですが」

「もう証拠は残っていないかもしれないが、調べてみる必要があるな」と土屋は呟いた。ホワイトボードの見取り図を見る目は、穏和なものへと変わっていた。土屋はすでに集中を解いている。もう考える必要はないということだ。

「室長」北上は土屋に声を掛けた。「室長の推理を伺わせてください」

「口で言うより、見た方が早い」

土屋は伊達のノートパソコンを借りると、インターネットに接続した。画面には、航空機製造メーカーのホームページが表示されていた。

「たぶん、これだ」

土屋が指差した箇所を読み、北上はこれがトリックの要なのだと直感した。左右を見ると、伊達も愛美も目を輝かせ始めていた。二人とも、真相に手を触れたという確信を得たのだろう。

「あとは、どう証明するかだ」

土屋は腕を組み、北上たちを順番に見回した。

「北上は現地に足を運んで、箱をもう一度調べてくれ」

「はい。分かりました」

「安岡はこの箱を製造したメーカーに当たるんだ」

「了解です」

「伊達は画像解析をやってみてくれ。細かく見れば、変化が摑めるかもしれない」

「承知しました。すぐに取り掛かります」

土屋が北上たちに指示を出し、意図を理解してそれに従う。通常の組織で当たり前に行われていることが、いま初めて実現した。

そのことに確かな充実感を覚えつつ、北上は現地調査の準備に取り掛かった。

8

「……どうですか。薬は効いていますか」

佳也子が優しく尋ねてくる。

ああ、と頷き、宇佐美は腰を上げた。

目の前のダブルサイズのベッドでは、西中が大きく口を開けていびきをかいている。頭を剃るのを止めたため、髪の長さは二センチ近くになっている。ヘアスタイルが変わっても、顔の印象は以前のままだ。六道が眠っているように錯覚してしまう。

宇佐美は室内を見回した。二十帖ほどの部屋にはベッドの他に、ソファーや書き物机、コスモスが描かれた油彩画などがある。どうにも生活感のない空間だな、と宇佐美は改めて思った。

西中は以前からずっと、教団敷地内の宿泊棟の最上階にある、この特別室で寝泊まりをしている。部屋へのアクセスは厳密に制限されており、彼の存在を知っているのは宇佐美と佳也子だけだ。以前から修行の際に入れ替わりが行われていたことは、六道の妻の那穂にも伏せていた。

西中は外出もせずにここで毎日を過ごしていた。食事を運ぶのは佳也子の役目で、時々打ち合わせのために宇佐美と会うくらいで、あとは誰とも接しない生活を送っていた。それは、六道が死んだあとも変わっていない。教団の持つ別荘に身を潜めたり海外に脱出するより、敷地内の慣れた場所で匿《かくま》う方がいいと判断し、ここに留まらせている。

「――もうそろそろ、いいんじゃないでしょうか」

佳也子がそう言い出したのは昨日の夜のことだ。

六道を殺して教団を乗っ取る計画を練っている時から、最終的に西中を消す必要があると佳也子は主張していた。

事情を知る人間が生きていたら、安心して生活できない。佳也子の意見は理解できないものではなかった。西中が自分たちを脅迫するリスクを懸念していたのだろう。

刑事が聞き込みに来る回数も減り、捜査はもう終結に向かっている。佳也子はそう判断し、西中を殺すことを改めて宇佐美に提案してきた。

食事に睡眠薬を混ぜて眠らせ、首を絞めて殺したあとに、山梨県の山中の、教団が購入した土地に埋める——それが、宇佐美の立てた西中殺害計画だった。

西中は目を閉じ、一定のリズムでいびきを繰り返している。その無防備な姿を見下ろしていると、佳也子がすっと近づいてきた。

「お手伝いしましょうか？」

最近、急に膨らみ始めた腹をさすりながら佳也子が言う。胎内に生を宿しているとは思えない冷徹な響きに、背筋が寒くなる。

動揺を押し殺し、「いや、俺がやる」と宇佐美は言った。「君は自分の部屋に戻っていてくれ。埋めるところまで一人で終わらせる」

「大丈夫ですか、お一人で」

「ああ。任せてくれ。終わったら連絡する」

宇佐美が力強く言い切ると、「分かりました。よろしくお願いします」と佳也子は一礼した。

彼女と共に部屋を出る。五メートルほどの通路を進んだ先に、玄関ドアがある。それを押し開けてやり、佳也子が廊下を去っていくのを見届けてから、宇佐美はゆっくりとドアを閉めた。

施錠を済ませ、一分ほど待ってから元の部屋に戻る。

「もう大丈夫だろう」

宇佐美が声を掛けると、ぴたりといびきをやめ、西中は体を起こした。

「寝ている演技を続けるのは意外と辛いですね」

「自然に見えたよ。彼女には気づかれていないと思う」

宇佐美はそう言って、近くにあった椅子に座った。西中は最初からずっと起きていた。食事に睡眠薬を盛ったというのは、佳也子を欺くための嘘だった。

「本当に殺されるんじゃないかとヒヤヒヤしてましたよ」西中はベッドにあぐらを掻き、鋭い視線を向けてきた。「しかし、いいんですか。俺を逃してしまって」

「俺は君の人間性を分かっているつもりだ。安定した生活を保証すれば、裏切ることはないという言葉を信用する」

「まあ、俺にとってもいい頃合いですよ。二十四時間の坐禅はさすがにキツくなってきましたからね」と西中が肩を揉む。「一回につき五百万のギャラはおいしいですが、そろそろ足を洗いたかったところなんです。沖縄にでも行ってのんびり暮らしますよ。なにせ、金は腐るほどあります。今まで使えなかった分、思いっきり発散します」

「マスコミには気をつけてくれ。嗅ぎつけられると厄介なことになる」

「ええ、気をつけます。消されたくはないですから」

「整形手術を受けた方がいい」

「そうするつもりです。ただ、もう自分の元の顔は忘れてしまいました。いい機会ですから、男前にしてもらいますよ」

ベッドから降り、西中は部屋のドアを見つめた。

「それにしても、あの女は並の神経じゃないですね。六道さんを籠絡《ろうらく》し、子供を作った上で殺すなんて……。息の根を止めたのは宇佐美さんじゃないんでしょう」

「……準備を整えたのは俺だが、酸素カプセルにガスを吹き込んだのは佳也子だ」と宇佐美は自分の手元に目を落とした。

「六道さんにはよくしてもらっていたのに……金だって、望めばいくらだって使えたでしょう。何の不満があったって言うんです」

「佳也子の心の中は俺にも分からない。ただ、彼女の体にはいくつも傷がある。古いものも多い。六道に見初められるまでは虐げられる人生を歩んできたんだろう、きっと。だから、何もかもを自由にできる立場を求めているのかもしれない」

宇佐美は自分の隣で眠る佳也子を思い出しながらそう言った。眠っている時の佳也子はいつも、悲しそうな顔をしていた。

――もし本当に輪廻が存在するなら、私はきっと、前世でよほどひどいことをしたんでしょうね。

いつか、佳也子がぽつりと言ったことがある。そんな想像をしてしまうくらい、自分の境遇を呪っていたのだろう。

「騒動が落ち着いたら、あの女と結婚するんですか」

「いや、籍は入れない。関係を伏せつつ、俺はナンバー2ポジションでやっていく」

そもそも、この計画を立てたのは佳也子だった。彼女曰く、自分が六道の子を身籠っていると知った瞬間に、天啓のようにやるべきことが「降りてきた」らしい。自分は彼女に導かれてここまで来ただけだ。今さら先頭に躍り出るつもりはない。

「あの女が魅力的なのは分かります。でもね、あなたも気をつけた方がいいですよ、宇佐美さん。あの女の目的が権力ならば、あなただって消される可能性がある」

「……肝に銘じておくよ」宇佐美は嘆息して立ち上がった。「悪いが、いったん寝袋に入ってくれるか。佳也子に怪しまれる前にここを離れたい」

「人目につかずに駐車場まで行けるんですか」

「専用の直通エレベーターがある。トランクにでも隠れてくれ。どこか人目につかない場所で解放する」

「いいでしょう。そのくらい、坐禅に比べたら大したことはないですからね」

西中がそう言って笑った時、部屋にチャイムの音が鳴り響いた。ここまでたどり着き、インターホンを鳴らせるのは佳也子しかいない。

慌てて西中がベッドに寝そべる。「また寝た振りをしててくれ」と伝えてから、宇佐美は急いで部屋をあとにした。

玄関のドアを解錠して外に出る。佳也子は廊下に膝を突き、顔をしかめながら下腹部に手を当てていた。

「どうした？」

「お伝えしたいことが……」

苦しげな声で佳也子が言う。その額には汗の玉が浮かんでいた。

「腹が痛いのか？　まずいな。すぐに病院に連絡を」

スマートフォンは中に置いたままだ。取りに戻ろうとしたところで、佳也子に袖を引かれた。

「そろそろ……お別れの時が来たようです」

「……どういう意味だ？」

「私は、誰よりも六道のことを愛していました」虚ろな目で佳也子が囁く。「でも、現世ではどうしても結ばれることはできません。私には、時間がなかったから……。だから、一緒に生まれ変わろうと思ったんです。……宇佐美さん、手伝ってくれてありがとうございました。本当に、感謝しています……」

佳也子は胸の奥から絞り出すようにそう言い、宇佐美の袖から手を放した。そのまま廊下に両手を突き、土下座のような姿勢で動かなくなる。

静かな廊下に、佳也子の荒い呼吸だけが響く。彼女の言葉の意味が分からないまま、

「ま、待っていてくれ」と宇佐美は部屋に戻った。

西中はベッドの上で眠った演技を続けていた。「そのままで」と小声で伝え、スマートフォンを手に取った。

電話をかけようとして、佳也子のかかりつけの産婦人科医院を知らないことに宇佐美は気づいた。

彼女に訊かねばならない。再び廊下に出ようとした時、スマートフォンに着信があった。出入口の警備係からだった。無視すべきか迷ったが、嫌な予感がした。不穏な気配に導かれるように、宇佐美は〈応答〉のアイコンをタップした。

「どうした」

「警察が来ています。かなりの人数です。ステージの箱を解体して調べたいと言っているのですが……どうされますか」

「解体……」

すっと体温が下がった錯覚があった。例の仕掛けはまだ残ったままだ。できればそれを隠したかったが、急いで工事をすると警察に不審がられると思い、手を付けずにいたのだ。

警察は入れ替わりのトリックに気づいたのだ、と宇佐美は直感した。そうでなければ、六道が死んでから二月近くが経つ今になってこんな要求をするはずがない。

どうする、どうする、と頭の中で自分の声が反響する。

廊下では、佳也子が苦しんでいる。早く救急車を呼ばねばならない。すぐ後ろには西中がいる。彼もこのままにはしておけない。

一度に大量の情報が押し寄せ、脳がますます混乱していく。何を優先すべきか決められないまま、宇佐美はしばらくその場に立ち尽くした。

9

三月十三日、午後四時過ぎ。土屋が自室で次年度の研究計画を練っていると、ふいにドアがノックされた。

その音で、来訪者が誰なのかを察した。ドアの叩き方には意外と個性が出るものだ。愛用の消せるボールペンをペン立てに戻し、「どうぞ」と土屋は声を掛けた。

ドアが開き、慣れた様子で出雲が部屋に入ってきた。

「少し、いいか」

「ダメだと言う度胸はないですよ」と返して、土屋は出雲にソファーを勧めた。

向かい合って座ると同時に、「例の教祖殺しの件、ご苦労だったな」と出雲が労《ねぎら》いの言葉を口にした。

「いえ、自分は何もしていません。研修生たちがほとんど片を付けてくれました」

「また謙遜か。お前が例の箱の仕組みを指摘したからこそ、入れ替わりトリックの真相を解明できたんだろう」

出雲が言う「仕組み」というのは、エレクトロクロミズムという原理のことだ。簡単に言えば、「特定の物質に電気を流すことで色が変わる」と表現できるだろう。色を暗くすれば光を遮ることができるため、こういった物質は飛行機の窓などに利用されている。薄くて軽量、かつ可動部のない調光装置が作れることが特長だ。

ステージに設置されていた修行用の箱の背面パネルには、このエレクトロクロミズムを起こす物質が仕込まれていた。二枚のアクリル板の間に、中間層として色の変わる物質を挟み込む形だ。

これを用いて徐々に色合いを変えれば、箱の背面は黒くなる。変化したことを観衆に悟られないように、ステージ背後の幕と同じ色に合わせる工夫もされていた。このトリックにより、人が通ったり隠れたりしても分からない空間が生み出されたというわけだ。

あとは北上たちとのディスカッションで推測した手法を使えば、入れ替わりは問題なく成立する。

すでに現場検証によりこの仕掛けの存在が確認されており、箱を作った業者の証言

ステージ俯瞰図（入れ替わり時）

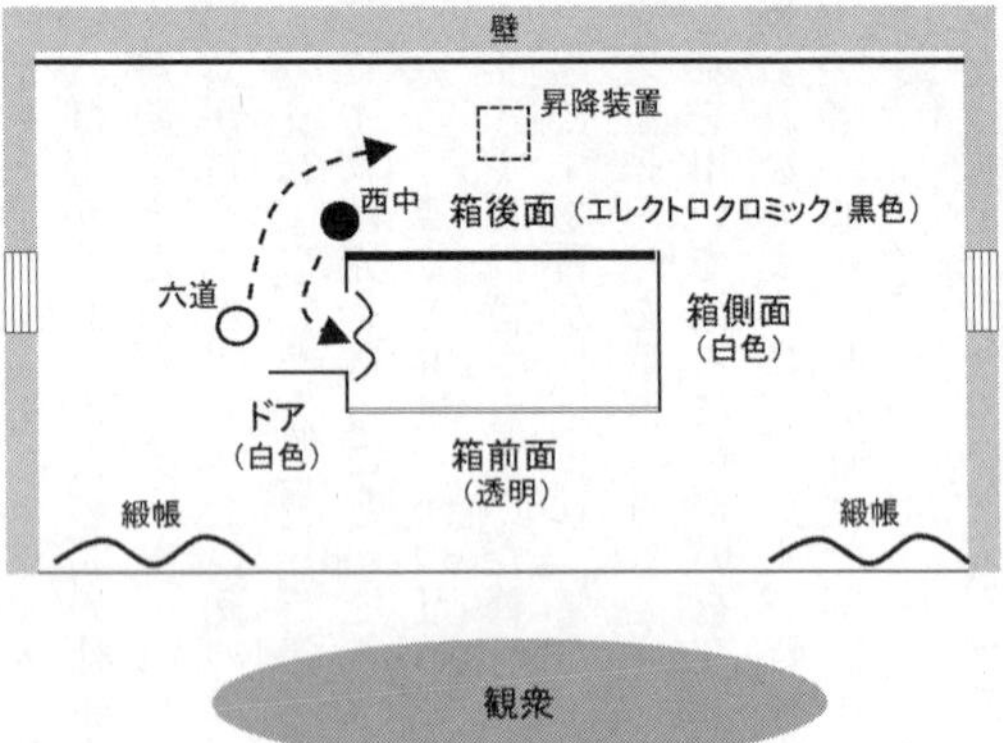

も取れている。また、修行の様子の映像解析によって、肉眼では分からないレベルで背面の色が変化していたことも確認済みだ。すでに、犯人グループの企みは完全に白日の下にさらされたのだ。ちなみにこの入れ替わりトリックはもともと、教祖である六道が編み出したものだった。整形した影武者に修行を肩代わりさせるために、こんな手の込んだことを思いついたらしい。

　土屋はゆっくりと腕を組み、「俺の貢献なんて微々たるものですよ」と言った。「最後の方に少しアドバイスをしましたが、彼らだけでも真相には行きついていたと思いますよ。この一年でかなり成長したように思います」

「君の薫陶のおかげというわけか」

「それは完全に皮肉にしか聞こえませんね」と土屋は苦笑した。「俺は何もしていません。彼らが自分の力で成長したんですよ。……いや、むしろこちらが教えられたことも多かったように思います」

「ほう？」と出雲が眉を少し持ち上げた。「ついに君も、犯罪捜査への意欲を取り戻したということか」

「あ、いや、そうではないんです。まあ、個人的な気づきです」

土屋の言葉に、出雲が顔をしかめる。

「……科警研に復帰するつもりはないのか」

「残念ながら、ありません」と土屋は正直に答えた。

「そうか。やはり私ではもう無理みたいだな。少し待っていてくれ。君とどうしても話をしたいという人間を連れてきている」

出雲はそう言うと、細かい説明をせずに部屋を出て行ってしまった。そのまま待っていると、一分もしないうちにまたドアがノックされた。ためらいを感じさせる、弱いノックだった。

ソファーから立ち上がり、ドアを開ける。廊下に、見覚えのある男が立っていた。以前より生え際が後退し、髪にも白いものが目立つようになっていたが、下がり気味の目尻や大きな涙袋が印象的な目元は変わっていなかった。

「上野さん……」

意外な人物との再会に、土屋は一瞬、言葉を失った。

「元気そうだな」と上野が低い声で言う。「押し掛けてしまって申し訳ない」

「出雲さんの差し金ですね」

「ああ。一緒に来てほしいと言われた。すぐ外で待っていたんだ」

「それは災難でしたね」

「いや、俺も君と一度話をしたいと思っていた。むしろ、機会を作ってくれた出雲さんには感謝している」

「そうですか。立ち話もなんですから、座ってください。何か飲まれますか」

土屋がソファーを勧めると、「変わったな、土屋」と上野は呟いた。

「……何がです？」

「科警研にいた頃の君は、所轄の刑事が来ても一切もてなそうとはしなかった。来客ではなく、情報を持ってきた運び屋程度にしか扱っていなかった。だから驚いたんだ」

そう言って上野がソファーに腰を下ろした。

「大学は科警研よりも来客が多いですから。他大学や海外からの客人を雑に扱えば、共同研究をしている学生に迷惑が掛かってしまいます。気遣いを覚えて初めて、社会人を名乗る権利を得た気がします」

「……そうか。楽しくやれているみたいだな」

「毎日とても充実していますよ」

そこで室内に静寂が訪れる。上野は目の前にあるテーブルの天板をじっと見つめたまま固まっている。土屋は黙って彼が再び口を開くのを待った。

「……経緯は出雲さんから聞いてるのか」

「いや、別ルートです。おせっかいなやつがいて、わざわざ電話をかけてきましたよ」

「そうか……。今さら謝ってどうにかなるとは思わないが、申し訳なかった。君の人生を台無しにしてしまった」

上野が自分の膝を摑みながら、深々と頭を下げる。

「いや、もう済んだことですから」

「しかし……」

「俺は今の環境に満足しているんです。打ち込むべき研究があり、それで生計を立てられる——他に望むことはありません」

「犯罪捜査にあんなに熱意を燃やしていたじゃないか。本当に大学の研究なんかで満足できるのか？」

「犯罪捜査も環境科学も、人間の営みによって生じた問題を解決することが目的です。大きな意味で、やってることは変わりません。どちらも平等に価値があると俺は思ってますよ」

土屋が正直な気持ちを打ち明けると、上野は大きく息を吐き出した。

「……自分勝手な話だが、今の話を聞いて安堵した。根本の部分では、君は何も変わっていない。いつもの自然体だ。俺は、自由に振る舞う君に嫉妬して、あんな馬鹿なことをしてしまったんだ。言い訳になってしまうが、いずれは自首をしなければと思っていた。君に事実を伝えようと、毎週のように電話もかけた。だが、いざ電話が繋がると、途端に言葉が出なくなってしまう……本当に情けない」

上野の告白で、以前は月に一度はあった無言電話が途絶えていることに土屋は気づいた。電話の向こうにいたのは上野だったのだ。

「もう忘れてください。俺は本当に気にしてないですから」

土屋はソファーから立ち上がり、冷蔵庫から缶コーヒーを二本取り出した。それを上野に渡し、「奥さんはどうされていますか」と尋ねる。

「……ああ、そうか。輪廻のひかりのことも知ってるんだったな」

「ええ。教団が分裂しかけていることに、奥さんが心を痛めていると伺いましたから。彼女はとても真面目な信者なんですね」

「……教団を抜けさせようと説得はしたんだがな。聞く耳を持とうとしなかったよ」

と上野は缶コーヒーに口をつけた。「離婚した夫の話より、教祖の説法の方がずっと大事だったようだ。だからこそ、坐禅修行がインチキだったことはかなりのショックだったんだろう。今は教団を抜けて、普通の生活に戻っている」

「そうですか」と土屋は吐息を漏らした。

「君のお蔭で彼女も救われた。ありがとう」

「いや、これは本当に単なる副産物です。事件への協力依頼を出したのは出雲さんですよ。上野さんの奥さんが教団にいることを知り、出雲さんは俺に『やってみないか』と言ってきたんです。断りづらいと踏んだんでしょう」

「相変わらずだな、あの人は。目的のためなら手段を選ばない、か……。ということは俺も出雲さんの駒の一つということか」

上野が口の端を歪めて笑い、土屋をまっすぐに見つめた。

「土屋。科警研に復帰してくれないか」

「別に、出雲さんに気を遣うことはないでしょう。もう部下と上司の関係じゃないんですから」

「俺はあの人のために君を説得しようとしてるわけじゃない。自分の意志だ」

それは意外な一言だった。上野は自分を嫌っているに違いない――土屋はそう考えていたからだ。

「罠に掛けておいて何を言うんだ、と怒りを覚えたかもしれない。だが、俺は数カ月前まで科警研にいたから分かる。君がいなくなってから、犯罪捜査に対する科警研の貢献度は明らかに低下した」

上野の口調はさっきまでと違い、熱を帯びたものに変わりつつあった。

「君の不在そのものというより、柱を失ったことによる職員への影響が大きかった。科警研の職員は優秀だが真面目な人間ばかりだ。君のような異分子が混ざることで組織は活性化し、全体としてのパフォーマンスも向上する。積極的に捜査に協力しようという自主性も生まれる。だから、君にはまた『科警研のホームズ』に戻ってもらいたいんだ。不祥事で辞めたとはいえ、俺も科警研のＯＢだ。組織がよりよくなる方向に進んでほしいと願っている」

「俺にはもったいない言葉ですよ」

「お世辞を言っているつもりはない。信じてほしい」

土屋は視線をテーブルに落とし、ため息をついた。

「……俺は、最近になって気づいたんです。一人が先頭で引っ張るよりも、末端にいる人間の能力を上げていった方が、より骨太で懐の深い組織になるんじゃないかと。俺がいた頃の科警研は、そういう意味では不健全な状態だったと思います。瞬間的な出力は高くても、結局最後には息切れしてしまう。そういう脆さを内包していたんです」

だから、と言って、土屋は再び上野の顔を見た。

「ようやく、やるべきことが見えてきました。俺は科警研には戻らずに、別の方法で自分の役割を果たそうと思います」

「……そうか。君が決めたのなら、俺がとやかく言うことじゃないな」上野はさばさばした表情でソファーから立ち上がった。「もう行くよ」

「そうですか。すみません、大したもてなしもできなくて」

「俺は追い返されても仕方ないようなことをした。話を聞いてもらえただけで充分だ。たぶん、もう君と会うことはないだろう」

「上野さんはこれからどうされるんですか」

「……実は、妻と再婚することになった。娘を亡くした悲しさを分かち合えるのは俺だけだからな。彼女をサポートしつつ、生きる道を模索していく。君も、今まで通り自分らしさにこだわって生きろよ」

「ええ、そうさせてもらいます」

土屋は立ち上がり、上野と握手を交わした。彼の手に込められた力強さに負けないよう、土屋も指に力を入れた。

10

三月二十日、水曜日。北上たちは分室で土屋が来るのを待っていた。

午後五時から話があると言われているが、すでに予定時刻を五分ほど過ぎている。

「……相変わらず遅いなあ。ちょっと見てこようかな」

愛美が立ち上がろうとするのを、雑誌を読んでいた伊達が「落ち着けよ」とたしなめた。「そんなことをしたって意味ないだろ」

「分かってますけど、じっとしてられないんです。今日、これから分室の行く末が分かるわけですし。ねえ、北上くん」

「まあ、気持ちは分かる」と北上は頷いた。「本当に、研修は終わりなのかな」

「職場に連絡したら、研修が延長されるという話は聞いてないって言われたけど」

「そっか。年度の区切りになるし、終わるタイミングかなとは思うけど……」

「伊達さんはどう思います？　情報通なんだし、何か知ってるんじゃ……っていうか、こんな時に何を読んでるんですか」

「今日発売の週刊誌だ」伊達が雑誌の表紙をこちらに向けた。「輪廻のひかりの記事が出るって耳にしたんで、買ってみたんだ。ただ、目新しい情報は一切書いてないな。教祖が突然死んで、教団が混乱に陥ってる――その程度のことが載ってるだけだ」

「それが精一杯なのかもしれないですね」と北上は言った。「書けないことが多すぎますしね」

確かに、少し前までは教団は分裂しかかっていた。一方は、六道の遺言を尊重し、これから生まれてくる子供を教祖にすべきだと主張する改革派。もう一方は、正妻の那穂の子である六道光喜こそが二代目にふさわしいと主張する保守派。この両者が信者を自分たちの派閥に引き入れようと争いを繰り広げていた。

だが、事件の真相が明るみに出たことで争いは鎮まった。

幹部である宇佐美が六道の殺害に関わっていたことの影響はもちろん大きかった。だが、改革派にとって致命傷となったのは、「赤城佳也子が六道の子を妊娠していなかった」という事実が判明したことだった。

ステージに設置された箱を詳細に調べるために、北上が再び教団本部を訪れたあの日。佳也子は激しい腹痛を訴えて病院に運ばれた。

診察の結果、驚くべきことが明らかになった。彼女の体内にいたのは胎児ではなく、直径が一〇センチにもなる巨大な腫瘍《しゅよう》だったのだ。臨床的には、子宮体癌《がん》と呼ばれるものだ。

彼女が通っていた産婦人科医は、昨年の十二月の段階で病状を佳也子に伝えていた。腫瘍は悪性で、すでに広範囲に転移しているため、治療を受けたとしても余命は一年未満だろうと告知していた。

彼女は治療を拒否し、病院に通うのを止めた。当然のように腫瘍は肥大を続け、佳也子を着実に蝕《むしば》んでいた。腹痛で意識を失い、緊急搬送された時にはもう、手の施しようがない状態だったという。緊急手術を行う間もなく、彼女は命を落とした。癌の転移により血管に生じた腫瘍が血流を滞らせ、心筋梗塞を引き起こしたのが直接の死因だったそうだが、「前からひどい痛みがあったはずなのに、よく我慢できたものです」と医師が驚くほど、佳也子の肉体はボロボロだった。

彼女の秘密が明らかになったことで、六道の輪廻という主張は崩壊し、改革派は瓦解した。保守派が勝利を収めた形だが、六道が影武者を使ってインチキな修行をしていたことがバレた影響もあり、信者数そのものが極端に減っているようだ。「おそらく、近いうちに教団は消滅するでしょう」と、立川署の四条は言っていた。

「……にしても、赤城佳也子は何がしたかったんだろうな」

閉じた雑誌を机に投げ、伊達は頭の後ろで手を組んだ。

「死期を悟り、来世で巡り合うために六道を道連れにした――宇佐美は取り調べでそんな話をしてるみたいですね」と北上は言った。意識を失って搬送される直前に、佳也子からそう打ち明けられたらしい。

「もしそれが動機なら、輪廻を誰より信じていたのは、赤城佳也子だったのかもしれないな」

伊達がしみじみと呟くと、「終わった事件のことはいいでしょう。分室の今後の話をしましょう」と苛立った様子で愛美が言った。

「話すと言っても、特にネタがないだろ」

「伊達さんは埼玉県警に問い合わせてないんですか？」

「もちろん連絡を取ったさ。研修は三月末で終わりということになっているそうだ」

「なんでそんなに落ち着いているんですか。再延長を申請しなかったんですか？　私たち、まだ室長のやる気を引き出せてないんですよ」

愛美が眉根を寄せて伊達を見つめる。

「終わりなら終わりで構わないと俺は思ってるんだ。埼玉県警に戻って、コツコツと技術を磨いていくさ。いつ科警研本部に呼ばれてもいいようにな」そう言って、伊達が愛美を見つめ返す。「安岡はまだ研修を続けたいのか？」

「研修というか、犯罪の捜査にダイレクトに関わっていたいって気持ちが強いです。科捜研では裏方として仕事をこなしてましたけど、分室では全然違う経験ができたんです。大学の先生と共同で捜査手法を開発したり、実際に容疑者と向き合ったりしてるうちに、面白さが分かってきました」

「ホームズに感化されたってわけだ。なら、科警研を目指してみたらどうだ？　あそこなら、少なくとも新技術の研究は行えるだろ」

「……そんなことしたら、伊達さんと戦うことになるじゃないですか」

「いや、大丈夫だろう。ＩＴ系の俺とは分野が違うから、枠を争うライバルにはならないはずだ」

「そっか。そういう身の振り方もあるんだ……」神妙に呟き、愛美は北上の方に顔を向けた。「北上くんはどう思う？」

少し考えて、「僕はいったん道警に戻りたいと思ってる」と北上は答えた。「やっぱりここにいると、どうしても室長に頼っちゃうからね。この一年で身につけたことを、土屋さんのいない場所で試してみたいんだ。その上で改めて、自分に足りないものが何かを見つけたいと思う」

「……なんか、二人とも私より一歩進んでる感じですね」と愛美が嘆息する。

「しょうがないいんじゃないか。仕事以外にも気になることがいろいろあるだろ」

伊達の言葉に、「は、え、な、なんですかそれ」と愛美が急に慌てだした。「私は別に何も気になんかしてませんけど！」

「……いや、安岡の家族の話なんだが」と伊達が訝しげに言う。

「あ、母のことですか。なーんだ」愛美がほっと息を吐き出した。「それなら大丈夫です。放射線を使った治療がうまくいってて、体調はかなり回復してますから」

「それはなによりだな」と伊達が微笑む。「でもまあ、ずっとこっちってのもキツいだろ。向こうに戻ってあげたらどうだ」

「そうしたい気持ちもありますけど……なんか、名残惜しいなって思って。せっかく、私たちのコンビネーションが確立できてきたのに」

　愛美がぼつりとそうこぼす。「そうだな」と伊達が呟き、しんみりとした気配が室内を満たしていく。

「僕は二人に感謝してますよ」と北上は言った。「二人が自分の得意分野で活躍してたから、僕も頑張れたと思うんです。もし土屋さんと自分だけのマンツーマンだったら、去年の五月の段階で北海道に帰ってたかもしれません」

「それは私も同じだよ。北上くんは妙におとなしいし、伊達さんは鬱陶しいくらいギラギラしてるしで、最初のうちはどうなるか不安だったけど、こうして一年経ってみると、意外と相性がよかったのかなって思うよ」

「おいおい、そんな風に思ってたのかよ。いらないだろ、そのカミングアウトは」

　伊達が苦笑した時、ドアが開いて土屋が部屋に現れた。

「全員揃ってるな」

　ぴん、と空気が一瞬で張り詰める。北上たちは立ち上がり、背筋を伸ばした。

「まずは、一年間の研修お疲れ様。まともに君らと向き合ってこなかった俺が言うのもなんだが、三人とも大いに成長したと感じている。どこにいても充分な戦力になれる、立派な科学捜査官になったと思う」

　土屋がそう言って、北上たちを見回した。その表情はとても穏やかで、晴れやかなものだった。

「さて、分室の今後についてだが……。いったん、ここは閉鎖することになった」

「いったん？」と愛美がすぐさま反応する。

「俺は科警研の職員から大学の教授になり、環境科学の研究に没頭してきた。研究室にはもちろん学生がいる。だが、考えてみれば俺は彼らをまともに指導してこなかった。質問を受ければ答えるが、日々の実験の進め方や研究テーマの設定は元々研究室にいた助教に任せっぱなしになっていた。教育をないがしろにしていたことに気づくことすらなかったんだ」

土屋はそう言って自嘲《じちょう》気味に笑った。

「だが、この分室の室長となり、なんだかんだと捜査に関わるうちに、俺はこれまでと違う種類の面白さを感じるようになった。他者の成長を見る楽しさが分かってきたんだな。人を育てることも、研究と同じくらい奥深いものだと気づいたんだ」

土屋は照れくさそうに頭を掻きながら続ける。

「一人の人間にできることは限られている。それよりも、教育によって自分と同じ働きができる人間を増やす方が生産的なんじゃないかと思う。その視点は、科学捜査にも当てはまるはずだ」

「それなのに、分室を閉鎖するんですか」

北上が尋ねると、「ここは不便だろう。狭くて実験機器も置けない」と土屋は室内を見回した。「実験は東啓大の方でやるんだから、向こうに部屋を作った方がずっと効率的だ」

「ということは、分室を移転させるんでしょうか」

伊達の問い掛けに、「移転というか、新設だな」と土屋は答えた。

「東啓大には、寄附講座制度がある。寄附金によって大学に講座を開設し、独自性のある研究を行う仕組みだ。それを利用できないか検討している。やることはここの分室と同じだ。今の研究室との兼任という形で、その講座を運営したいと考えている」

そう語る土屋の目は、少年のように輝いて見えた。

「もしそれが実現すれば、『科学警察研究所』ならぬ、『科学警察研究講座』が誕生するわけですね」と北上は言った。

「そういうことだな。出雲さんにも話はしている。『科警研に復帰するつもりはないが、科学捜査官の育成には力を貸したい』と伝えたら、複雑そうな表情をしてはいたが、前向きに考えるという言葉はもらえた。ただ、さすがにこの四月からというのは無理だ。来年の四月からのスタートを目指して準備を進めていく」

土屋はそう説明して、改めて北上たちの顔を順番に見た。

「ということで、君らにはひとまず元の職場に戻ってもらう。一年後、無事に講座が開設できれば、改めて人員募集を行う。今度は研修ではなく、博士号取得のためのプログラムへの参加という形になるだろう。じっくり考えて、もしまた俺と仕事がしたいと思ったら、東京に戻ってくるといい」

一人一人の目を見ながらそう語り掛け、土屋は「じゃあ、そういうことで」と分室を出て行こうとする。

「待ってください」と北上はその背中に呼び掛けた。「もしよかったら、これから打ち上げをやりませんか」

「あ、それいいですね」と愛美が弾んだ声を出す。

「今まではじっくりと話を伺う機会もなかったですからね」と、伊達が畳み掛けるように言う。

土屋はゆっくりと振り返り、「酒はあまり得意じゃないんだが」と呟いた。

「別に飲まなくても構いませんよ。というか、俺たちで飲み会をやる時は、マイペースを維持することを心掛けてます。ここに、恐ろしいくらいのザルがいるんで」

伊達がそう言って、北上の肩を叩く。

北上は頷き、「酒の席でのエピソードは豊富です」と笑ってみせた。

「そうなのか。……考えてみれば、学生と飲みに行ったこともなかったな」

首をひねりながら土屋が言う。

「それが、学生との距離を生んだんじゃないですか」と愛美が指摘する。

「そうかもしれないな。今後のためにも、飲み会の練習をしておくかな」

「決まりですね」と伊達が白い歯を見せる。「この近辺のいい店はチェック済みです。少し早いですが、今から行きましょう」

「あ、ああ、うん。ただ……ちょっと持ち合わせが」

土屋が少し戸惑いながら財布を確認し始める。

「室長。今日は割り勘でいいですよ」

愛美が声を掛けると、土屋は安堵のため息をついた。その情けない表情に、北上たちは顔を見合わせて笑った。

本書は書き下ろしです。

この物語はフィクションです。作中に同一の名称があった場合でも、実在する人物・団体等とは一切関係ありません。

宝島社
文庫

科警研のホームズ　毒殺のシンフォニア
（かけいけんのほーむず　どくさつのしんふぉにあ）

2019年11月8日　第1刷発行

著　者　喜多喜久
発行人　蓮見清一
発行所　株式会社 宝島社
〒102-8388　東京都千代田区一番町25番地
電話：営業 03(3234)4621／編集 03(3239)0599
https://tkj.jp
印刷・製本　中央精版印刷株式会社

ISBN 978-4-8002-9844-7

『このミステリーがすごい!』大賞 シリーズ

宝島社文庫

トラブルメーカー

警視庁捜査二課・郷間《ごうま》班

梶永《かじなが》正史《まさし》

黒い噂のつきまとう組織犯罪対策部の秋山は、指定暴力団・舎人組の内通者と疑われ、怒りのあまり上司を殴り飛ばしてしまう。部署内で孤立するなか、出会い系サイトの詐欺について、二課の郷間彩香から相談を持ちかけられて――。四人のはぐれ刑事と郷間彩香との出会いを描く。

定価：本体680円+税

『このミステリーがすごい!』大賞 シリーズ

宝島社文庫

リケジョ探偵の謎解きラボ

喜多喜久

保険調査員の江崎に回ってくる仕事は、大学教授の密室での突然死をはじめとした不審死ばかり。その死は果たして自殺か事故か、殺人か？ 江崎はｉＰＳ細胞の研究者・友永久理子からアドバイスを受け、真相に迫っていく——。恋愛に疎い理系女子と彼女を想う保険調査員が、４つの謎に挑む！

定価：本体６４０円＋税

※品切れの場合はご容赦ください